miradas Opacas

Toni
CABALLERO

Prólogo de Toni GOL ROCA

miradas Opacas

Primera Edición 2014
Barcelona
TODOS LOS DERECHOS RESERVADOS

Miradas Opacas

©Antonio Caballero Venegas
©del prólogo: Toni Gol Roca
©de las ilustraciones: Yolanda Sanchís Romero

Publicado por A.Caballero
Publicado en España 2014

Internet:
Web: http://www.miradasopacas.com
Twitter: @miradasopacas | Tweets a: #miradasopacas
Facebook: https://www.facebook.com/miradasopacas

ISBN 978-84-616-9953-7

INFO ABOUT RIGHTS

ÍNDICE

A mi padres, Antonio Caballero y Mari Carmen Venegas, que siempre han respetado mis decisiones y han dejado que tomase mi propio camino. A mi abuela Teresa, allá donde se encuentre, que fue mi segunda madre. Y, como no, a Esther Berenguer, por su infinita paciencia y apoyo en cada una de mis aventuras; así como a mi mejor obra: África, que siempre superará en grandeza al más intenso de mis escritos.

PRÓLOGO

Cuando Toni me pidió que prologara el libro que ahora, querido lector, estás a punto de leer, acepté gustosamente su invitación, a pesar de que no soy ni mucho menos ningún experto ni en novela negra ni en novela policiaca. No puedo negar que me hacía ilusión prologar su primera novela de la cual me había hablado en más de una ocasión y que viene gestando desde hace más de once años. No obstante, debo reconocer que, después de diversas lecturas, se me hizo más que evidente que *miradas Opacas* no necesita prólogo ni presentación alguna, puesto que la novela tiene la fuerza y la garra suficiente para que ella misma sea su propia presentación, y más si tenemos en cuenta que uno de los principales objetivos de un prólogo es el de ensalzar la obra, destacar los pilares más importantes de la misma y crear un ambiente de intriga adecuada para despertar en el lector el gusanillo de la lectura. Pues bien, todo esto y más lo encontramos desde el inicio hasta el final de *miradas Opacas*, una novela policiaca que encarece el género negro a través de un estilo elegante y una creatividad sorprendente que no solamente engancha por su trama de intriga y de misterio, sino por un valor añadido: ese punto poético sutil y leve, pero presente en el lenguaje y tangible en algunas descripciones memorables.

Con el nacimiento de la novela policiaca o novela detectivesca a mediados del siglo XIX y, sobretodo, con el desarrollo posterior, a principios del siglo XX, de la novela negra asistimos a una auténtica revolución cultural e insólita y que será de capital importancia para el panorama

8

literario mundial de todo el siglo XX y lo sigue siendo en lo que llevamos del XXI. Si levantaran la cabeza los críticos literarios del siglo XIX que en tan poca estima tuvieron a este género literario emergente quedarían patidifusos al constatar su expansión, su diversidad y, sobretodo, el éxito indiscutible que ha regentado durante el pasado siglo y que sigue regentando en la actualidad.

Pero no todo el mundo está de acuerdo en que éste sea un género tan moderno: hay quien sostiene que la gran tragedia griega *Edipo Rey*, escrita por Sófocles alrededor del año 430 antes de Cristo es la gran precursora de este género novelesco. También se ha dicho que la novela gótica y de terror que se cultivará durante el siglo XVIII sentará las bases para el posterior desarrollo del género negro. Sea como fuere, hoy por hoy, es indiscutible que nos encontramos ante un fenómeno literario sólido y de gran envergadura.

Asesinatos, robos, chantajes, policías, ladrones, asesinos y casos enigmáticos y misteriosos difíciles de resolver son algunos de los ingredientes que acaban dando forma y vida al género negro y policiaco. Todo ello compaginado con una fuerte dosis de intriga y de suspense que acaban convirtiendo este género novelesco en uno de los reclamos y revulsivos más poderosos del mundo literario actual.

miradas Opacas posee todos esos ingredientes citados anteriormente y más. Más ingredientes, mucha originalidad y unos efectos especiales brillantes y contundentes que añaden a su obra unos toques de novela fantástica y de ciencia ficción que suponen otro valor añadido a una novela trepidante y espectacular.

He dicho al empezar este prólogo que no era ningún especialista en el género negro, y es verdad. Tengo que reconocer, mal que me pese, que no he pasado de leerme *Los crímenes de la calle Morgue* de Edgar Allan Poe, *El misterio del Bellona Club*, brillante novela de Dorothy L. Sayers y la inclasificable *A sangre fría*, obra maestra de Truman Capote. Y para de contar. Y lo mismo me ocurre en la vertiente cinematográfica, donde en estos momentos solo me viene a la cabeza otra obra inclasificable *Perros de paja* basada en la novela de Gordon Williams y que Sam Pekinpah llevó a la gran pantalla de forma magistral en el año 1971, película de la cual, 40 años más tarde, Rod Lurie hizo su *Straw Dogs*, un *remake* sensacional, auténtico homenaje a la cinta de Pekinpah. Hasta ahí mi gran bagaje en el género negro.

Ello no obstante, no me impide reconocer que nos encontramos delante de una muy buena novela con un trama y un argumento muy bien elaborados, un estilo narrativo brillante y una creatividad singular e ingeniosa, todo ello construido con un lenguaje perspicaz y elegante que en algunas ocasiones recuerda la prosa poética dándole a la obra un toque estético y de gran originalidad. Y no olvidemos el título que es, en este caso, de vital importancia. **miradas Opacas** no solamente es un título de alta definición, sino que de alguna manera resume de forma precisa y alegórica la estructura profunda de la novela que nos ocupa. Una novela elaborada a lo largo de once años que le garantizan la solera y el señorío propios de las cosas trabajadas con amor y con profundidad.

Su pasión por la criminología (Toni está Diplomado en Criminología y Política Criminal y es Licenciado en Criminología por la Universidad de Barcelona), su experiencia en la materia y su amor al verbo, a la palabra y a la acción convierten a *miradas Opacas* en una novela iniciática con un poder de sugestión enorme donde Toni Caballero vuelca toda su esencia personal dotando a la obra de un temple y una vitalidad sorprendentes.

Querido lector, sin más dilaciones: bienvenido al mundo fantástico y apasionante de *miradas Opacas*. Empieza el espectáculo.

Toni Gol Roca

AGRADECIMIENTOS

Quiero expresar mi agradecimiento más sincero a Esther Berenguer Romero, por su objetividad más absoluta a la hora de revisar el contenido de la novela, así como su continuada e imprescindible crítica.

De igual modo, agradecer a Yolanda Sanchís Romero, la realización de una portada y contraportada tan sublime. Siempre es un placer disfrutar de su capacidad creativa.

Agradecimiento a amigas tan valiosas como Rossana Sousa o Laura Talavera, por no cejar en el empeño de empujarme día a día para que esta novela se materializase. Señoritas, lo han conseguido, aquí la tienen.

Las gracias también a mis amigos del E5 de CDL y de SRSTGV, por compartir conmigo, día a día, el verdadero sabor del lado oscuro de las personas y que de buen grado ha servido para nutrir este libro. Siempre, la realidad supera la ficción.

Y como no, a Toni Gol Roca, por concederme el privilegio de contar con su verbo para realizar el prólogo de esta obra. Un placer literario que me concedió sin un solo segundo de reflexión, la cual cosa me enorgullece.

1

Amanecía en Barcelona. El sol comenzaba a regalar al mar sus primeros rayos de luz. Su disco incandescente giraba de forma imparable, mágica. El reflejo de su figura distorsionada sobre el dulce mar, convertía el paisaje en algo sinuoso, hechizante. Atrás quedaba la oscura noche, negra e incolora. La brisa marina arrastraba los vestigios de cenizas de una hoguera ya apagada; todavía se podía respirar aquel olor a madera quemada.

Sobre la arena, se dibujaba una figura humana. Cristian yacía en el lugar. Estaba tumbado boca arriba, con las manos bajo la nuca. Un fino hilo de lágrimas bajaban por sus mejillas. Sus ojos reflejaban una mirada perdida, ausente. La expresión de la cara era inherente, como si todo su alrededor fuese un espeso vacío. Su mirada podía alcanzar a ver, aún, la estrella Polar, esfumándose poco a poco; pero para él era invisible. En su mente circulaban un torrente de recuerdos, de momentos vividos, de sentimientos. Aquel amanecer había terminado de desconectarle del mundo. Cristian había dejado de existir, ya sólo persistían en su cuerpo los recuerdos, recuerdos del pasado, de su vida.

La ciudad estaba desierta en aquella época estival. Prácticamente todo el mundo había escapado de los muros de la ciudad, hacia otros lugares. Todos excepto Emma. Ella no tenía donde ir y tampoco con quien ir. Caminaba y caminaba por la ciudad sin cesar, incansablemente. Vivía sumida en su mundo, paralelo al nuestro. Su figura era sinuosa, dibujando unas curvas difíciles de superar por el ojo masculino. Cabello pelirrojo, brillante como el Sol. Sus ojos eran incipientes, con una mirada fría, calculadora, pero terriblemente tierna. Tenía las mejillas sonrosadas, acabando en una boca de labios carnosos, muy sensuales.

A Emma no le faltaba gente con la que hablar, siempre tenía algún chico tras ella. Con su belleza era algo obvio. Pero Emma no se comunicaba... ya no. Aquella noche, oscura, negra... había sido fatídica y rondaba incesantemente en su cabeza.

Emma caminaba sola. La distancia de aquella discoteca con su domicilio era corta, apenas diez minutos era lo que tardaba en desplazarse de un lugar a otro. Siempre volvía acompañada de María, su mejor amiga, pero aquella noche María había conocido a un chico y se había marchado con él. De manera que a Emma le tocó irse sin compañía.

Todo sucedió muy deprisa. A mitad de camino, notó algo muy extraño. Tenía la sensación de que alguien la seguía, que la observaba. Giro su cabeza varias veces, buscando con la mirada, pero nada... pero nadie. Poco a poco su inquietud fue en aumento, los nervios crecieron y su respiración se agitó violentamente, igual que su corazón. Echó a correr. Un sudor espeso asomó en su frente, deslizándose por su cara y cuello hasta entrar en el recoveco valle de sus pechos. Alguien la seguía, estaba segura. Había pasado miles de veces por aquel lugar, pero aquella noche todo le parecía desconocido. Torció por el parque, tropezando varias veces hasta desgarrar su bonito vestido con la rama de un arbusto que se adentraba en el camino. Siguió corriendo hasta que de repente, notó como unas manos, fuertes, desconocidas, agarraban sus tobillos, y provocaban su caída. Aquella terrible masa de carne se abalanzó sobre ella, tapando su boca con cinta adhesiva. Tan sólo unos leves gemidos escapaban al vacío. La expresión de su cara se desfiguró por completo. Sus ojos reflejaban un terror envuelto en llamas de impotencia, bañados en lágrimas hirvientes. Aquella cosa le sujetó las muñecas con una sola mano e hizo el vestido trizas con la otra. Por cada embestida que daba, la vida de Emma se apagaba... Quedó allí, tendida, medio muerta.

Jamás llegaron a encontrar al autor de tan horrible pesadilla. Y Emma dejó de encontrarse a sí misma. Pasó de tener una vida hiperactiva, alegre y extrovertida, a vivir en otro mundo, adentrada en un auto-paralelismo desconocido, lleno de oscuridad. Vivía fuera de sí, su mente vagaba en el interior de su cuerpo, como alma en pena. No concebía ideas ni pensamientos, sólo un cúmulo de imágenes, de olores, de sensaciones, tan sólo eso.

Ese día, sus movimientos mecánicos, instintivos, le llevaron a caminar por la playa. Los camareros de los pequeños locales de la Vila Olímpica, terminaban de recoger las terrazas y limpiarlo todo. Aún quedaba gente de la noche anterior, la mayoría borracha. Un par de embarcaciones salían a navegar con las primeras horas del alba, soltando amarres y deslizándose suavemente por el lujoso puerto. Las gaviotas sobrevolaban la zona, bajando de vez en cuando al mar, a capturar su alimento. La brisa marina acariciaba el lacio cabello de Emma, peinándolo a su antojo. Era una mañana fresca, que combinada con la Tramontana, transformaba el cuerpo de Emma, ciñendo sus ropas y sacando a la luz sus voluptuosas curvas. Paseaba descalza, vagando mentalmente en su mundo imaginario.

Mientras tanto, Cristian seguía allí, tendido sobre la arena, bañado en sus propias lágrimas. Ella ya no estaba, pero su recuerdo lo torturaba. Sentía que tenía una mano invisible retorciendo su corazón. La impotencia lo cegaba. Nunca más volvería a mirar aquellos ojos, dulces como la miel. Ya no volvería a sentir el aliento de su boca, agitado, jadeante; ni su pelo despeinado cayendo sobre su cara. No volvería a sentir la suavidad de sus labios ni el peso de su cuerpo. Jamás volvería a percibir sus susurros al oído; ni su risa, ni su llanto. Cristian pensaba en iniciar un viaje, viajar junto a ella. Recorrer los abismos para tornar a su lado. Marchar de este mundo que para él ya no tenía sentido. ¿Qué más le daba seguir viviendo, si no podía hacerlo junto a ella? Ya nada tenía sentido para su desapercibida existencia. Lo de sus padres lo había superado, pero aquello… no podía, le había desbordado, estaba roto. Nada pudo hacer para salvarla. Imágenes fugaces le venían a la cabeza. Aquellos rayos de sol quemaban sus pupilas de la misma manera que aquellas llamaradas prendieron a su amada. ¿Qué fue lo que pasó? No conseguía encontrar una respuesta a sus preguntas.

Era una noche mágica, irreal, pura. Por fin tenían su propio hogar, su nidito de amor. La cena había sido estupenda y se auguraba una velada de ensueño. Después, una copa de cava. Y finalmente llegó el momento tan esperado, frente a frente, cara a cara. Las miradas de complicidad sustituían a las palabras. El ambiente era perfecto, unas velas blancas y rojas iluminaban tenuemente la alcoba, con sus finos haces de luz. La respiración de ambos se agitaba, los fuertes latidos del corazón se hacían evidentes. Una sonrisa afloró a los labios de cada uno. Eran realmente felices, sentían un amor puro, verdadero. Unieron las yemas de sus dedos, acabando en un apasionado abrazo. Un cúmulo de sensaciones agitaban sus cuerpos, como si miles, millones de manos recorrieran cada centímetro de sus receptivas pieles. Invisibles chispas escapaban en cada contacto. Hicieron el amor, sumergidos en una inmensa burbuja de felicidad.

Cristian estaba recostado junto a su novia, desnuda, dormida. La miraba incansablemente, con la mirada cálida de un enamorado. Aquella noche sus cuerpos se habían fundido en un solo ser, con una compenetración exacta, automática, espontánea, apasionada. La tapó suavemente para no despertarla y se acercó sigilosamente hasta besar su frente, sintiendo desde esa distancia su ligera respiración y el sabor de su aliento. Se retiró. Cristian fue al baño, había amanecido y debía asearse para ir a trabajar. Se metió en la ducha. Al salir, notó algo raro en el ambiente, no sabía lo que era, estaba turbio. Un hedor fortísimo llegó a su olfato. Aquel hedor… aquel… «¡Fuego!» Salió corriendo del baño, como alma que lleva el diablo, y su sorpresa fue horrible. Todo ardía, su alcoba estaba en llamas.

−¡Emma! −comenzó a gritar−. ¡Emma, amor mío! −espetó de nuevo. Pero nadie respondía, ni un grito, ni un gemido; sólo el crujir de la madera quemada y el resoplar de las llamaradas−. ¡Emma, por el amor de Dios! −Pero no conseguía ver a nadie, ella no estaba allí, no estaba allí... viva. Cristian no consiguió verla porque el fuego y el denso humo le cegaban, pero ella yacía allí, en la cama, tendida como él la había dejado. No tuvo tiempo ni de gritar. Una de las velas había caído en el lecho por culpa de un golpe de aire, y rápidamente Emma se vio envuelta en llamas, que afortunadamente acabaron con su vida de una manera fugaz, casi sin darle tiempo a despertar.

Cristian salió como pudo, histérico, desesperado. Lágrimas de rabia se agolpaban en sus ojos al ver como lo perdía todo. «¿Y Emma, dónde estaba Emma? », se preguntaba. Los bomberos llegaron y apagaron el fuego. Ya no podía más, necesitaba saber algo. El inmenso cielo azul se le venía encima, como si de un muro de plomo se tratase, aquella situación se le antojaba harto difícil y estaba a punto de perder el control completamente. Fue horrible, Emma estaba allí, tendida en la camilla. Casi no se le distinguían las facciones, el horror envolvía todo su rostro, todo su cuerpo. Aquello no podía ser Emma, estaba completamente carbonizada, semblante a un pedazo de carne a la brasa recuperada tras un descuido en la parrilla. Aquel grito de dolor de Cristian resonó alrededor suyo, de la misma forma que resuena el trueno en la más destructiva de las tormentas. Lo había perdido todo. Todo. Incluso a su propio ser.

Navegando en sus pensamientos, Emma cerró los ojos mientras caminaba por la aún, fría arena de la playa. Extendió los brazos como si tuviese la intención de volar. Le agradaba la sensación que le producía el aire en la cara, en su pelo y le gustaba sentirse como si fuese un pájaro, deslizándose por el aire, dejándose llevar, totalmente a merced del viento. Pero todo aquello seguía siendo instintivo, mecánico. Realmente no lo sentía, simplemente se trataban de actos reflejos. Hasta que su simulado juego la llevó a tropezar con las piernas de un chico, quedando tendida sobre la arena, quieta, inmóvil. Cristian ni se había inmutado, seguía desconectado. Y allí estaban ambos, con la mirada perdida en el azulado cielo. Y así permanecieron durante diez minutos, tendidos, totalmente desconectados del mundo que les rodeaba.

Finalmente Emma se movió, como si de un autómata se tratase. Intentó incorporarse, pero le resbalaron las manos y golpeó con su cabeza el pecho de Cristian. Éste seguía inerte. Nuevamente Emma volvió a intentarlo, levantó suavemente la cabeza hasta llegar a ponerse a gatas. Y fue en ese preciso momento, con ese movimiento, donde los ojos de ambos se plantaron frente a frente, sus miradas. Una fuerte descarga eléctrica estremeció el cuerpo de Cristian y Emma soltó un breve gemido. Ella percibía lo que le sucedía a Cristian, ¡lo había sentido! Parecía querer despertar de su letargo, dejar de ser un robot, desprenderse de sus movimientos mecánicos. En cambio Cristian seguía vagando en su interior, pero dentro de sí, algo fuera de lo común estaba pasando. Su respiración comenzó a agitarse, gotas de sudor asomaron por los poros de su frente, dejó de llorar. Ambos seguían mirándose. Emma se asustó, sentía auténtico pánico, pero algo le impedía moverse y escapar de allí, salir corriendo. El cuerpo de Cristian comenzó a temblar, a agitarse. Tenía una especie de ataque. En cambio Emma permanecía quieta, completamente petrificada, manteniendo su mirada fija en los ojos de aquel chico. De repente él se abalanzó sobre ella, sujetando con firmeza sus delicadas muñecas. Emma sollozaba, una sensación muy extraña le impedía gritar. Forcejeaba, intentando escapar de aquellas manos, de aquellas piernas, Cristian estaba fuera de sí. Miles de imágenes volvieron a la mente de Emma, aquello no podía sucederle de nuevo.

Pero Cristian no se propasó con ella, no desgarró su ropa, no gimió de placer. Tan solo se limitó a abrazarla, fuertemente. Al principio Emma se resistió, hasta que se dio cuenta de lo que hacía su agresor y, sin saber como, ambos acabaron abrazados, llorando desconsoladamente.

Aquella mirada… De alguna forma, las mentes de ambos se habían reactivado, comenzaban a funcionar en el mundo exterior o al menos entre ellos dos. Parecía que aquel cruce de miradas había sido la vía de escape del sufrimiento que experimentaban, el interruptor que devolviese la luz a sus humildes pero grandes corazones. Cristian había encontrado en aquella mirada vacía una parte de sí que había perdido, sintió algo que jamás había recorrido su ser, ni su mente. Y por su parte, Emma, sorprendentemente, había visto en los ojos de Cristian un dolor muy superior al suyo, a pesar de todo; no sabía como pero así lo había percibido. Ambos quedaron unidos por aquella sensación desconocida, magnética. Ambos compartían algo muy especial; puede que positivo, puede que negativo, pero demasiado intenso para ser normal.

Al cabo de unos minutos Emma se atrevió a decir algo:

–¿Quién eres? –le preguntó.

–Cris… Cristian… –esbozó él. Y de nuevo se hizo el silencio–. Si… siento lo que ha ocurrido… no… no sé… –balbuceó, no acertando a mediar palabra, mientras sus ideas se agolpaban en su mente de tal manera, que su boca únicamente conseguía sacar a flote expresiones entrecortadas y sin sentido aparente.

–Tranquilo –le dijo Emma, sorprendiéndose de sus propias palabras–. Perdóname tú por haber tropezado contigo. –«¿Qué diablos estoy diciendo?» Pensó ella–. Mi nombre es Emma y…

No había terminado de hablar cuando la cara de Cristian palideció hasta límites inexplicables y su respiración comenzó a agitarse de nuevo, frenéticamente; a la par que se arrastraba por la arena de la playa, hacia atrás, huyendo de la presencia de Emma como si hubiese visto un fantasma.

–Cristian… ¡Cristian, tranquilo, reacciona! –le gritó Emma, que no acababa de salir de su asombro, tanto por el comportamiento de aquel chico como por sus propias palabras y actitud. Y le sujetó ambos hombros, zarandeándolo e intentando calmarlo de una forma más contundente. Pero este no reaccionaba, su rostro reflejaba un terror palpable a ojos vista de Emma. Hasta que finalmente, ella le pegó un bofetón de tal manera que Cristian dio de bruces contra la arena. Y de nuevo se hizo el silencio, un silencio sepulcral.

«¿Qué me esta pasando?» «¿Dios mío, que estoy haciendo?» Resonaban estas preguntas una y otra vez en la cabeza de Emma. Se arrastró hasta donde Cristian se encontraba, tendido, con la cara hundida en la arena y le ayudó a incorporarse. Le cogió por la espalda y lo enderezó hasta apoyar la cabeza sobre su pecho, quedando él ligeramente ladeado. Aún tenía arena en la cara, pegada a los restos de sus lágrimas. Le acariciaba suavemente la mejilla con el dorso de la mano. Poco a poco se fue calmando.

–¿Qué te ocurre Cristian? –le dijo ella al cabo de un instante–. ¿Por qué huías de mí?

–Tu… tu nombre… –dijo Cristian entre sollozos.

–¿Qué pasa con mi nombre? –musitó Emma extrañada.

–Emma… amor mío… estás viva.

–¿Amor tuyo? ¡Claro que estoy viva! ¿Cómo iba a estar aquí ahora sino? –dijo Emma ligeramente irritada y extrañada.

–Emma… pensé que habías muerto… aquel fuego… aquel… cadáver…

–¿Qué demonios estás diciendo? ¿Fuego? ¿Cadáver?

No salía de su asombro, se encontraba en la playa, sentada y con un individuo en su regazo que no conocía de nada, manteniendo una conversación inverosímil; después de haber tropezado con él, haber sido acosada y finalmente haberle sacudido. Y ahora susodicho personaje le decía "amor mío" y no paraba de repetir que estaba viva, que era un milagro.

–Cristian… cállate. Cristian… ¡Cristian! –acabó por chillarle Emma. Y le giró la cara, clavando su mirada en él como si fuera el aguijón de una avispa en plena picadura.

–Escúchame. Mi nombre es Emma, es cierto, pero creo que me confundes con otra persona. Yo no tengo ni idea de ningún incendio ni de ningún cadáver. ¿Me comprendes? ¿Entiendes lo que te digo? No sé a qué ni a quién te refieres. Tampoco sé que coño ha pasado entre nosotros dos hace un rato, es más hasta, hace poco no sabía que hacía yo en esta playa ni lo que he hecho en los últimos meses. Pero ahora empiezo a recordar lo que me ocurrió y creo que ha sido gracias a ti. Y también creo que tú lo has pasado muy mal en el pasado, no sé como pero lo he podido leer en tus ojos, he sentido una especie de flash en lo más recóndito de mi retina. He percibido en lo más profundo de mi ser que tú lo has pasado francamente mal, que lo que has sentido en un pasado te ha marcado de tal forma que todavía en el presente lo sigues pagando. Pienso que sufres mucho, más que sufro y he sufrido yo, a pesar de todo lo que me ocurrió. Es extraño, no sé de dónde me vienen estas ideas pero las tengo, las siento. Afloran a mi boca de una forma inexplicable, inéditas. No lo entiendo Cristian, me noto fuertemente arraigada a ti, conectada de una manera especial, pero no es amor, lo sé, creo que es lo único de lo que estoy segura en este momento. Cristian, te miro a los ojos y soy capaz de ver llamaradas de dolor, ondeando en un vacío inmenso, negro. Soy capaz de percibir gritos de sufrimiento y cólera. Recibo de esa mirada un mensaje, unas señales, un… no tengo palabras para describirlo. Es una sensación tan fuerte, una capacidad tan desconocida y potente para mí, que me agota, estremece mi cuerpo, eriza mi piel. Completamente desconocida, completamente. No sé que me ocurre, pero al parecer estás confundido conmigo. En tus ojos, en tu mirada, soy capaz de ver que tienes la total impresión de que soy alguien a quien has amado en un pasado no muy lejano. Es algo que estoy siendo capaz de descifrar ahora, en este preciso momento... todo... todo esto que veo... interminables caminos, numerosos parajes, cientos y cientos de imágenes agolpándose una tras otra y pidiendo a gritos poder salir por una puerta que permanece entreabierta, pidiendo mostrar únicamente un haz de brillante luz, blanca, reluciente. Es como, como un niño perdido en la playa, rodeado de gente por todas partes, intentando encontrar la ansiada sombrilla floreada de sus padres; pero todo son sombrillas floreadas, todas son iguales, obligándole a caminar y caminar sobre la arena sin rumbo fijo, de aquí para allá... perdido... olvidado. Cristian, tú eres ese niño. Piensas que yo soy esa persona a la que habías perdido, que soy esos padres que se encuentran bajo la sombrilla floreada. Piensas que has encontrado el camino, que la puerta se ha abierto del todo. Blanco. Ves perfectamente el color blanco, ya nada es negro. Pero Cristian, mi querido Cristian, yo no soy eso que añoras, no soy eso que ansias, no soy... y no sabes cuanto me duele no serlo, porque... te repito, no sé como, pero soy capaz de ver tu sufrimiento y éste llega hasta mí, clavándose en lo más profundo y recóndito de mi corazón; de la misma forma que se clavan las espinas de una rosa al apretarlas con fuerza entre las manos, pero es tan hermosa... que si no la coges fuertemente sabes que la perderás. Oh Cristian, como me duele ver eso en tus ojos.

Tras estas palabras, Emma abrazó a Cristian fuerte, muy fuertemente. Él permanecía callado, pensativo. Sentía flotar en una nube de algodón. El pecho de Emma se había convertido en el refugio más seguro que jamás había visitado. Estar en sus brazos era como vagar sin preocupaciones por un paraíso que se le antojaba todo un lujo. Cristian había comprendido perfectamente lo que Emma le había expresado, sabía que no se trataba de "Ella". Sabía realmente lo que Emma había sentido porque, en parte, él también sentía algo muy parecido al mirar aquellos hermosos ojos que le contemplaban compasivos. Pero de la misma manera que ella había sido capaz de analizar todo su mundo interior, él también había percibido muestras de un pasado doloroso.

–Emma. Tu nombre es Emma –dijo Cristian.

–Así es, Emma –contestó la chica mostrando una cálida sonrisa.

–Emma, quiero que sepas que lo siento y… que tienes toda la razón. Y que… gracias.

–No tienes por que dármelas, supongo que nos hemos ayudado mutuamente, y… –se detuvo.

–¿Y? –inquirió Cristian.

–Y supongo que debemos continuar haciéndolo. Perdona pero me da un poco de vergüenza decirte esto.

–¿Vergüenza? Emma, en menos de media hora he compartido contigo experiencias y sensaciones que jamás había expresado con nadie y menos en tan corto periodo de tiempo. De modo que, tienes todo el derecho a decirme lo que sientes sin temor.

–Tienes razón. –Y besó su frente acariciando su mejilla y apretando la cabeza de Cristian contra su pecho, como si fuera un osito de peluche. A la par que no dejaba de sorprenderse por su propio comportamiento.

–Ahora el que tendría que tener vergüenza soy yo… –dijo Cristian que levantó la mirada hacia Emma completamente ruborizado. Y ambos estallaron en una breve, pero sincera carcajada.

–Lo has pasado muy mal, ¿verdad? –preguntó Emma.

–Tú ya lo sabes, tan solo desconoces los detalles ¿no es cierto? –contestó él.

–Sí, creo que sí.

–La amaba, la amaba muchísimo. Pero se fue. Un incendio en nuestra casa acabó con su vida cuando por fin habíamos logrado vivir juntos… no tuvo tiempo ni de gritar… dormía… para siempre. –Y una lágrima asomó por el ojo de Cristian recorriendo su mejilla para ir a adentrarse en su espalda tras pasar por su cuello.

–Entiendo… no hace falta que sigas. Lo siento mucho, de veras, aunque supongo que el que yo lo sienta no te sirve de nada, lo que tú has perdido ya nadie te lo va a devolver por mucho que lo sienta la gente de tu alrededor.

–Es cierto Emma. Veo que sabes de qué te hablo y lo que se siente en mi situación. Tú también lo has pasado mal. Sabes de qué te hablo, porque en realidad tú sabes lo que es perder a alguien que amas. Sé que no has perdido a nadie, no te confundas, pero también sé que has perdido una parte de ti que como bien has dicho antes, jamás recuperarás.

–Me violó. Aquella masa de carne se abalanzó sobre mí como si me hubiesen tirado una tonelada de patatas encima. Desgarró mi ropa y metió su asqueroso falo en…

Cristian posó su mano sobre los labios de Emma, que tenía la mirada perdida, evocando en su mente aquel horrible lugar donde fue violada.

–Tranquilízate… no continúes. A mi no me ha ocurrido pero me hago perfectamente a la idea de lo que pudo ser… Repugnante.

–Fue mucho más, Cristian. Como tú has dicho antes, mató una parte de mí. Borró un trozo de mi ego interior. Ya no se trata de que aquella bestia abusara sexualmente de mí todo lo que se le antojó, sino que todo lo que hizo lo hizo en contra de mi voluntad y… eso es terriblemente duro.

–Tienes razón, jamás llegaré a comprender al cien por cien lo que sentiste ni lo que sientes ahora. De la misma forma que nunca podrás llegar a comprender del todo mi situación. Pero es por eso, por lo que debemos ayudarnos y compartir lo que ambos tenemos. Compartir esos recuerdos para conseguir enterrarlos de una vez por todas y lograr vencer nuestros miedos, juntos.

–De acuerdo Cristian. Por mi parte, eso está hecho. Aprovecharemos el habernos conocido. –dijo Emma con un tono realmente sincero–. De ahora en adelante puedes contar conmigo para lo que quieras.

–Muy bien, por la mía también –añadió Cristian.

Entonces sucedió algo totalmente imprevisto. Atraídos por una fuerza desconocida, pero muy ardiente y llena de pasión, Cristian aproximó su rostro al de Emma y ambos se besaron, cálida, muy cálidamente. Fue como si con ese beso hubiesen sellado un pacto. Ninguno de los dos estaba enamorado del otro, pero una extraña necesidad imperó de forma harto notable, y se produjo el beso.

2

Aquella noche era fría, muy fría, la más fría noche de todo el invierno. Ese ser caminaba semblante a un espectro, un fantasma totalmente incongruente al lugar donde se encontraba. Sus pasos eran volátiles, ni siquiera el mismísimo suelo se percataba de su presencia, parecía volar sobre la estancia. Vestía totalmente de negro, ataviando con un mono que se ceñía completamente a su cuerpo. Llevaba puesto una especie de pasamontañas, también negro, en la cabeza; el cual tenía dos agujeros para los ojos tan pequeños, que no permitían ni tan siquiera distinguir su forma. Sus zapatos también eran negros, al igual que los guantes que llevaba en sus enormes manos. Una de estas, sujetaba fuertemente un poderoso machete de submarinismo. En mitad de la penumbra, aquella hoja también fría y reluciente apareció fugaz de entre las sombras, cortando el aire. Avanzaba veloz como si pretendiese partir toda aquella oscuridad en dos. Tan solo emitía breves destellos provocados por la tenue luz de la luna, que osaba filtrarse por los oscuros ventanales del majestuoso edificio.

Jean Louis Gasset trabajaba muy duramente, afanado entre montañas de documentos. Tenía que terminar aquel trabajo, ya que a la mañana siguiente se jugaba cerrar el trato más importante de su vida. Y de ello dependía su permanencia en aquel beneficioso puesto. Últimamente llevaba cobrando una cifra superior a los cuarenta y ocho mil euros netos anuales. Dicha cantidad, obviamente le permitía mantener un nivel de vida mucho más que aceptable. Cierto era que había trabajado muy duramente durante los doce años anteriores para conseguir ese puesto. Pero de la misma manera que había logrado llegar a la cumbre de su carrera, sabía perfectamente que podía caer en picado al más mínimo error. Y por eso aquella noche, fría como el hielo, debía dejarse la piel hasta el último momento, para que a la mañana siguiente todo fuese perfecto, le iba su vida en ello.

Vaya si le iba.

Estaba en la oficina trescientos cuarenta, situada en la planta sesenta. Era una oficina amplia, dividida con tabiques prefabricados. Tras cruzar la puerta de entrada, había un pequeño vestíbulo, con una mesita pequeña y un sofá. A la izquierda estaba la recepción, rodeada de un mueble alto y robusto, semejante a la barra de un bar. En el otro extremo de recepción, nacía un largo pasillo que cruzaba a través de mesas repletas de ordenadores, documentos y muy diversos enseres de oficina, yendo a morir a un enorme despacho. El lujoso despacho tenía tres tabiques, ya que el cuarto consistía en uno de los laterales del edificio, con sus enormes ventanales. Desde allí se podía contemplar otra construcción de la misma altura. Juntos, desde una distancia considerable, parecían dos torres idénticas, a pesar de ser diferentes. Además, la impresionante vista confería la posibilidad de ver el hermoso mar que bañaba la costa barcelonesa, así como la montaña de El Tibidabo y gran parte de la ciudad. La enorme mesa de roble que presidía el lugar y que se encontraba frente al ventanal, estaba acompañada por un confortable butacón acolchado, de piel negra. A la derecha de ésta, otra mesa auxiliar se encargaba de acoger un monitor de ordenador, cuya torre se encontraba sobre un soporte, debajo. El suelo estaba cubierto por una moqueta de color marrón pálido. Y todo el despacho estaba repleto de estanterías, con infinidad de libros de todo tipo.

Gasset, sentado, tecleaba frenéticamente en su ordenador. Era un hombre menudo, medio calvo, que al inclinarse sobre la pantalla descubría una pequeña joroba. Llevaba puestas unas enormes gafas de pasta y, a juzgar por su posición y su actitud, parecía que se iba a comer el monitor entero. Estaba sudando de mala manera, a pesar del frío que hacía esa noche. Aquellos ventanales eran imposibles de abrir y debido a la hora que era, el aire acondicionado estaba apagado. Ya no quedaba nadie en la oficina, cosa que no era de extrañar, porque a las cuatro y media de la madrugada poca gente trabaja en un lugar como ese. El silencio lo rodeaba todo. Únicamente se sentía el repiquetear de las teclas de su ordenador y claro, como no, el sonido de su agitada respiración, debido al énfasis que aplicaba a su labor. Parecía un perro en celo, más que respirar, jadeaba. Estaba actuando como si fuese un pirata contando las miles de monedas de un valioso botín. Si alguien le hubiese podido ver, habría dicho que daba asco. Pero es que aquel trabajo era muy importante, su botín llegaba cada fin de mes y el tiempo en ese momento le tenía atenazado por el pescuezo.

Tras burlar los sofisticados sistemas de seguridad de la entrada principal, "la sombra" avanzaba sigilosamente, peldaño a peldaño por la escalera de incendios. Cualquier tipo de uso de los ascensores hubiera activado una señal, dando paso a una perfecta vista del interior a los vigilantes de seguridad del edificio, a través de las cámaras. Sus movimientos rozaban el límite de la perfección, eran casi irreales. Subía planta tras planta, a un ritmo trepidante, pero no se le oía respirar, era como si estuviese muerto. Un muerto muy rápido, eso sí. Cualquier ser humano, a esa velocidad y transcurridas tantas plantas, estaría resoplando como una parturienta. Pero aquella "sombra" era inhumana, subía de una manera fugaz, silenciosa y extraordinariamente precisa. Se encontraba ya en la planta sesenta cuando se detuvo. De uno de sus bolsillos extrajo una pequeña caja metálica, en cuyo interior había una minúscula pastilla. Se la tomó. Aquel potentísimo broncodilatador, borró todo posible rastro de fatiga existente. De esa manera se explicaba, en parte, aquella forma de subir tal número de escalones sin mostrar el más mínimo síntoma de respiración agitada. Se guardó la cajita. Salió del pequeño rellano de las escaleras de incendio y llegó hasta la puerta de la oficina trescientos cuarenta, después de cruzar un pequeño pasillo y pasar frente a las puertas de los ascensores. Sacó de su bolsillo una varilla metálica, en forma de ese, la cual metió en la ranura de la cerradura. También extrajo una especie de punzón, el cual introdujo, junto a la varilla metálica, hasta oír un pequeño chasquido. Dejó ambas cosas unidas y metidas en el interior de la cerradura y se bajó la cremallera del mono hasta la cintura. De la altura de su abdomen, sacó un pequeño paquete oscuro. Tenía una cremallera a su alrededor. Lo abrió. De su interior obtuvo un microordenador conectado a un cable, que a su vez estaba unido a una especie de tarjeta magnética. A la derecha de la puerta, quedaba un lector de tarjetas de seguridad, que debían ser introducidas durante la noche para poder acceder a todas las oficinas del edificio. "La sombra" metió su tarjeta en la ranura del lector y activó su ordenador, que se encargó de buscar a una velocidad muy elevada, mediante un algoritmo de fuerza bruta, la combinación secreta para acceder a la estancia. Pasados unos minutos desactivó el sistema de seguridad, dejando vía libre para girar el rudimentario conjunto de ganzúas y de ese modo, abrir la puerta. Una vez abierta, recogió su microordenador y sus "llaves", devolviéndolas al lugar de origen. Volvía a llevar en la mano aquel impresionante machete de submarinista, con aquella hoja desafiante pretendiendo cortar la noche. Se deslizó por el *hall* como si de una culebra se tratase, pasando junto a la recepción y recorriendo el largo pasillo, hasta llegar a la puerta del despacho de Gasset. Ahora venía lo difícil, entrar en el despacho sin despertar la atención del pequeño hombre. Aquel individuo sacó de su bolsillo derecho un pequeño cable, parecía ser de fibra óptica, que acto seguido conectó a su reloj. En el otro extremo ensambló una pieza de plástico, del tamaño de media lenteja. Todo este sistema de artilugios, conferían una de las cámaras digitales más sofisticadas del momento. Un sistema de monitorización empleado en operaciones extremadamente complejas de microcirugía coronaria. "La sombra" deslizó con una calma pasmosa aquella micro-cámara bajo la puerta, ya que debido a su tamaño, cabía perfectamente por una obertura que apenas sobrepasaba los cuatro milímetros de anchura. De esa manera, pudo entrever perfectamente los movimientos de Gasset en ese preciso momento. Vislumbró que estaba frente a su ordenador, ya que la calidad de la imagen era bastante deficiente, debido a que Gasset tenía apagadas todas las luces y la única existente era la que creaba el monitor y los atrevidos rayos de luna, que aparecían tímidamente a través de los ventanales del despacho. Entonces se puso en pie, siempre con la vista fijada en su reloj, controlando a Gasset y, con sus movimientos técnicamente perfectos, comenzó a girar de una forma casi imperceptible el pomo de la puerta. Gasset seguía con la cara hundida en la pantalla del ordenador, jadeando como un perrito, cuando aquella puerta comenzó a abrirse, tan lentamente, que las bisagras que llevaban meses sin engrasarse no tuvieron ocasión de quejarse. Aquel ser fantasmal cruzó la puerta. La cerró tras de sí con la misma lentitud y perfección con la que la había abierto, pero esta vez vigilaba a Gasset con sus propios ojos. Con una calma grotesca, tendido sobre la moqueta, "la sombra" recogió su micro cámara como si nada. Tanta sangre fría y tal modo de actuar habría puesto nervioso al más tranquilo de los seres de este planeta. Volvía a empuñar aquel machete de nuevo en su enorme mano, arrastrándose sigilosamente por la moqueta, semblante a un gusano de seda recorriendo una hoja de morera. Rodeó la mesa hacia la derecha, Gasset quedaba al otro lado, en la parte izquierda. Poco a poco aquel individuo se iba aproximando al afanoso trabajador, por la espalda, quedando los ventanales a la derecha de ambos. Y la luna, aquella pálida pero brillante luna, expectante y perpleja, parecía querer avisar a aquel hombre, con unos centelleos que apenas cruzar los oscuros cristales del edificio, morían sin conseguir llegar con la suficiente fuerza como para lograr que se percatara de lo que sucedía a sus espaldas. Aquella "sombra" alzó la mano y el machete desprendió una serie de minúsculos destellos, devolviendo de esa manera a la luna sus ingenuos mensajes de aviso, como si de un

34

provocador contraataque se tratara. Se encontraba de pie, tras la menuda figura de Gasset, con la cabeza derecha y el torso firme, relajado. Su pulso era extremadamente sobrio. Entonces, se encorvó hacia delante, aproximándose a Gasset. Se acercó peligrosamente hasta su cabeza y en un abrir y cerrar de ojos, dejó ir su aliento en la oreja de su víctima, pretendiendo de esa manera indicarle que su vida iba a expirar. Y acto seguido, aquella brillante hoja se deslizó por la garganta de Gasset, suave, muy suave, cortando su yugular y provocando la muerte de Jean Louis Gasset en apenas unos segundos.

Y "la sombra" se desdibujó.

3

–Así que detective privado, ¿no? –dijo Emma con aire divertido.

–¡Exactamente, mejor que Sherlock Holmes! –contestó Cristian. Y ambos comenzaron a reírse.

–¿A quién investigabas? ¿Mafiosos? ¿Capos de la droga? ¿Contrabandistas? ¿Pederastas?

–¡No no no, que va! No, ya me hubiese gustado a mí. De esta gentuza se suele encargar la policía, nadie en particular te contrata para saber acerca de ellos y ya tienen sus propios individuos para controlarse mutuamente. Solamente tenía clientes celosos que me encargaban vigilar a sus mujeres, ya sabes… asuntos de cuernos. Y si no eran infidelidades, lo único que me salía eran delitos fiscales y algún que otro asesinato de ancianos, cuyos nietos estaban ansiosos por cobrar la herencia; intentando descubrir algo escabroso los unos de los otros, que redujese el número de herederos. Patético. Muy poca aventura… la verdad.

–Vaya… que desilusión, yo que pensaba que estaba merendando con el mismísimo Dick Tracy. –Y ambos volvieron a reírse–. ¿Y por qué ya no eres detective? ¿A qué te dedicas actualmente? –preguntó de nuevo Emma.

–Desde el accidente, lo cierto es que no he trabajado en nada, y de eso hace ya dos meses. He vivido del dinero que tenía ahorrado… eso creo. Lo cierto es que estaba sumergido en una depresión tan profunda, que ni siquiera sé lo que me ha ocurrido en todo este tiempo. Bueno… sólo tienes que ver la pinta que tengo.

–Te comprendo Cristian, a mí me ha sucedió algo parecido. Desde que me violaron, he trabajado, pero no he conseguido estar en ningún empleo junto a hombres. Era como si los odiase a todos, o, más que odiarles… me repugnasen. Androfobia, creo yo. Era una sensación horrible que, no sé como, tú me has ayudado a superar. No me sentía arraigada a éste mundo. Vivía sin vivir en él.

–Parece mentira los palos que te puede dar la vida… –dijo Cristian con tono pensativo.

–La verdad es que sí. Te pasas la vida trabajando, haces lo que sea para poder salir adelante y llevar un trozo de pan a tu boca y cuando parece que las cosas te van un poco bien…¡zas! Lo pierdes todo. Menuda mierda.

–¡Camarero! –gritó Cristian en un tono no demasiado elevado–. Por favor, la señorita quiere un *croissant* de chocolate, hace el favor…

–¿Un croissant de chocolate ? ¡¿Cómo sabes que quería un *croissant* de chocolate?!

–Pues porque me lo has pedido tú –contestó Cristian sencillamente.

–Cristian, estábamos hablando de lo asquerosamente mal que se ha portado la vida con nosotros… ¡jamás te he pedido un croissant de chocolate!

Ambos se quedaron callados, estupefactos.

–¿Estás segura de eso Emma? –inquirió Cristian con tono de sorpresa,

–¡Cómo que soy pelirroja! –dijo Emma exaltada.

–Entonces…¿por qué demonios te he pedido yo un *croissant* de chocolate? –dijo Cristian, convirtiendo la conversación en una plática de besugos.

–Pues… porque… quería un croissant… ¡de chocolate!

Se miraban los ojos, fijamente, intentando descubrir lo que había pasado. Porque de una cosa estaban seguros, allí, en aquel momento, algo raro había sucedido.

–Será mejor que lo dejemos. Me apetece pasear – dijo Emma.

–De acuerdo, pediré la cuenta.

Salieron de la cafetería. Eran las seis y media de la tarde, la temperatura era agradable. En esa época del año empezaba a hacer calor durante las horas de sol, aunque por la noche bajaba bastante la temperatura. La ciudad estaba tranquila. Los fines de semana se quedaba prácticamente desierta. Cristian y Emma paseaban, no seguían ningún rumbo en concreto. Ambos eran del extrarradio. Él vivía en Badalona y ella en un pueblecito costero llamado Mongat, muy próximo al de Cristian. La casualidad les había hecho encontrarse en una playa de Barcelona ciudad, a pesar de vivir tan cerca el uno del otro. En aquel momento, caminaban cerca de la playa de Badalona, junto a las vías del tren de cercanías y dirigiéndose a "La calle del Mar", una de las calles más céntricas, en el corazón de la ciudad. Los domingos por la tarde parecía ser el único lugar habitado, en ocasiones excesivamente. Rodeada de pequeños comercios y algún que otro cine, constituía una de las zonas de ocio de la población, con el Ayuntamiento en un extremo y la playa al otro. Miles de personas deambulaban por aquel lugar, sobretodo los fines de semana y aquel en concreto era uno de los que más. Cristian vivía en una pequeña casa próxima a la concurrida calle, en un barrio considerado de buen nivel, económicamente hablando. Por otro lado, Emma tenía un piso en un edificio situado frente a la playa, rodeado de palmeras y cercano a la vieja iglesia montgatina.

Cuando arribaron al paso subterráneo, que cruzaba las vías del tren, Cristian se cruzó con un indigente que pedía limosna mecánicamente. De inmediato un ligero escalofrío recorrió su cuerpo. Algo en aquel individuo lo había inquietado, pero no supo de qué se trataba. No le dio más importancia y siguió caminando con la grata compañía de aquella hermosa muchacha. Cielo santo, que hermosa le parecía ahora que todo se había calmado, ahora que tenía plena conciencia de todo lo que hacía y le rodeaba. Aquellos ojos, potenciados en luminosidad por los cálidos rayos de sol, reflejaban la magnificencia de un ser, del cual tenía la sensación que conocía a la perfección, a pesar de haber pasado juntos tan solo una tarde y media.

–Cristian… ¡Cristian!¡Despierta! –dijo Emma, intentando atraer la atención del chico, cuya mente parecía estar en otro lugar.

–¿Eh?¿Sí…?¿Qué pasa? –preguntó él un tanto desorientado.

–¡Estás en otro planeta! –contestó ella divertida.

–Tienes razón… lo cierto es que me han ocurrido tantas cosas en los últimos meses, que ahora me parece mentira que esté como si nada. Es una sensación muy extraña. Y además, al cruzarnos con el tipo ese que… bueno, nada, da igual, no tiene importancia.

–La verdad es que un poco rarito si que estás, pero no te preocupes, no olvides que ambos hemos pasado una mala época y se supone que estamos juntos para intentar solucionarlo, no para volver de nuevo a un pasado, que mejor sería dejar atrás cuanto antes.

–De acuerdo, perdona por mi desliz. Intentaré que no vuelva a ocurrir.

–Cristian, no hay nada que perdonar, únicamente miro de cumplir mi parte del trato.

–Bien. ¿Te parece si vamos hacia "el Picarol" a ver una película? –preguntó Cristian, proponiendo a la chica ir a una sala de cine, justo al lado del Ayuntamiento.

–Por mi encantada, hace meses que no veo una "peli" en el cine –contestó con aquella, ya habitual sonrisa.

La pareja comenzó a caminar calle arriba y no pasó mucho tiempo hasta que extraños sucesos ocurrieron. La conocida calle estaba repleta de gente que subía y bajaba. Numerosas tiendas, atraían a una cuantiosa clientela, ayudando así a la descongestión parcial de la zona, aunque no lo suficiente. A los laterales de la calle, se encontraba algún que otro magrebí con sus artículos de venta ambulante. Todo estaba saturado. Cristian y Emma, comenzaron a hacerse paso entre la multitud, sorteando a la gente que avanzaba a un ritmo inferior al suyo. Y fue entonces cuando Cristian primero y después Emma empezaron a asustarse. Infinidad de imágenes iban y venían cada vez que se cruzaban con alguien. La cual cosa quiere decir, que en un lugar tan abarrotado de gente, aquello era algo continuo, estresante. A un ritmo desesperado, las imágenes pasaban por la mente de Cristian cada vez a mayor velocidad, sucediéndole algo parecido a Emma, con la diferencia que a ella, dichas imágenes la atenazaban de una manera más voraz la mente, mucho más intensamente. De la sorpresa pasaron al miedo, que momentos después se convirtió en pánico, llegando incluso a extremos de locura transitoria. El corazón de ambos se había revolucionado como un motor de cientos de caballos, podían notar el pulso en las sienes, era como si les estuviesen golpeando de manera continuada con un martillo en la cabeza. Cristian cogió de la mano a Emma, apretándola con una fuerza descomunal, cortando su circulación sanguínea. Por su parte, Emma apretaba con idéntica fuerza o incluso superior. La respiración de ambos se había agitado mucho, respirando tan solo por la boca. Las venas de sus cuellos se hinchaban más notablemente. Sudaban a mares. Cada vez que fijaban la vista en los ojos de aquella gente, el terror aumentaba.

Un grotesco padre abofeteaba a su hija, violándola hasta hacerla sangrar. Un chico de dieciocho años robaba en una tienda de su barrio. Un atleta cruzaba victorioso la línea de meta. Un medico perdía a su paciente, después de haberle extirpado el bazo. Una joven lloraba desconsoladamente, mientras su futuro esposo ponía un anillo en su dedo y decía el "si quiero"… Miles, miles de imágenes, cientos y cientos de escenas entrecortadas, desordenadas, apabullantes. Ya no podían más, aquello era terriblemente desconcertante, aterrador. Cristian, en el

41

límite de sus fuerzas, tiró de ella y la metió por uno de los callejones que llevaban a su casa. Las imágenes cesaron, una espesa tela roja cubrió sus agotadas mentes, como si del telón de un teatro se tratase. Atrás quedaban los murmullos y el hacer de la gente. Tras recorrer tambaleándose el estrecho callejón, giraron a la derecha, avanzaron unos setenta metros y llegaron a la casa de Cristian. Éste sacó las llaves y a duras penas consiguió abrir la robusta puerta que guardaba su domicilio. Entraron, tambaleándose aún, como un par de borrachos, recorrieron un corto pasillo que había tras el recibidor y se metieron en la primera habitación de la derecha, antes de llegar al salón. En la habitación había una enorme cama, antigua, muy antigua, con el cabezal de madera barnizada y tallado con una serie de formas abstractas. Cayeron redondos, exhaustos, durmiéndose profundamente.

Emma despertó con una sensación extraña recorriendo su cuerpo. Abrió los ojos y el lugar también le resultaba extraño, desconocido. La habitación estaba completamente pintada de blanco, un blanco luminoso, tanto que hacía daño a la vista. Una brillante luz alumbraba la estancia, pero no sabía de donde provenía, no desde donde ella se encontraba. No había ni un solo mueble. Únicamente existía la enorme cama y justo enfrente, a los pies de esta, un gran espejo, sujetado por un pie metálico y sin ningún tipo de marco a su alrededor. Tenia la boca seca. Se incorporó y echó un vistazo a su alrededor. "¿De dónde viene esa luz?" Se peguntaba una y otra vez. Aquella luz brillaba de una manera tajante, amenazadora. Pero eso no fue lo que más inquietó a Emma. Lo que estremeció más su hermoso cuerpo, en aquel momento semidesnudo, fue que en toda la habitación no había una sola puerta, ni una sola ventana. Nada. Los ojos de Emma estaban desorbitados, una terrible sensación de claustrofobia invadió su ser de forma arrolladora. Desvió la mirada hacia aquel espejo, frío, calmado. Algo le llamó la atención en él. Se levantó de la cama, estaba descalza y vestía una finísima blusa blanca, semitransparente, que le llegaba tan solo hasta los muslos, dejando al descubierto parte de su sexo y mostrando de forma hechizante sus generosos pechos. La rodeo caminando tranquila, cautelosa. El suelo estaba helado, tenía la sensación de caminar sobre un bloque de hielo, le dolían los pies. Se acercó más y más, silenciosa, respirando por la nariz y con la boca ligeramente entreabierta. Se posó delante. "No es posible...", pensó. Aquel espejo no reflejaba su rostro, no reflejaba sus voluptuosas curvas, aquel espejo... la aterrorizó. En lugar de mostrar su rostro, en el tan solo se podían divisar extrañas formaciones de nubes, nubes negras, en ocasiones teñidas de sangre. Y de repente, aquella sangre comenzó a brotar por el cristal del espejo, como si fuese poroso. Comenzó por un extremo y enseguida en toda su superficie por igual. Empezaba por finísimas gotitas, que poco a poco se iban agrupando y chorreaban hacia abajo. Latía. El espejo comenzó a latir, parecía un gigantesco corazón fuera del cuerpo de un ser humano. Los latidos resonaban en la habitación de una forma horripilante, cortando el silencio, desgarrándolo. Las nubes ensangrentadas se arremolinaban en aquel espejo, en aquel órgano sangrante. Emma se asustó de tal manera que los ojos parecían salir de sus órbitas, inyectados en sangre, en espesa sangre. Su pánico fue en aumento cuando se volvió y vio a su alrededor que las blancas y relucientes paredes también habían empezado a sangrar, tiñendo el habitáculo de un rojo infernal. Comenzó a correr, asustada, de un lado para otro, buscando una posible salida. Aquel espejo, que cada vez se parecía más a un gigantesco corazón, se hacía más y más grande, más y más atronador. Emma se sentía acorralada, sin salida. Empezó a gritar, a pedir auxilio, pero su voz no la sentía nadie, ni siquiera ella, estaba muda. Lloraba, impotente. En una de las paredes se dibujó una pequeña puerta. Emma corrió a abrirla, pero no podía, estaba cerrada herméticamente. Se lleno toda de sangre. Tiraba con fuerza del pomo de la puerta, pero no cedía, gritaba y gritaba, pero su garganta no hacía más que exhalar aire, sin crear el más mínimo sonido, sus cuerdas vocales la habían abandonado, dejándola a su suerte. Un ataque de histeria provocó en ella una serie de convulsiones y un hilillo de sangre brotó de sus oídos. Por otro lado, aquel corazón crecía y crecía, ya casi se le echaba encima, estaba perdida. Sólo medio metro separaba la puerta del corazón, del monstruoso corazón y Emma se encontraba justo en medio, tendida, con el brazo estirado queriendo agarrar el pomo, intentando articular sonido, llorando, perdida, ahogada…

Jadeaba, estaba completamente bañada en sudor. Cristian la había recostado sobre su pecho, acariciándole el cabello y soplando suavemente su frente. Emma estaba más perdida que nunca, no sabía que le había sucedido, ni donde se encontraba. Ver la cara de Cristian la había tranquilizado bastante. Recorrió con los ojos la habitación, en busca de aquella asquerosa sangre que manchaba las paredes y también buscó aquel... aquel espejo. Todo parecía normal, el espejo no estaba, había muebles y la habitación no sangraba. Ni siquiera tenía aquella forma cuadrada, siendo esta rectangular y "¡Dios mío!" Pensó ella, "con ventanas y una enorme puerta". Parecía ser que una horrible pesadilla le había jugado una mala pasada.

–Vaya nochecita... ¿eh? –le preguntó Cristian con un tono ligeramente indiferente.

–¡Bufff! –resopló ella–. No me la recuerdes –contestó con una voz débil, como si escucharse a sí misma le pareciese un milagro.

–Tranquila, ya pasó todo. Creo que yo también me he divertido esta noche. Me he despertado más empapado que tú, desconcertado y mirando a mi alrededor, pero no, las hormigas ya no estaban.

–¿Las hormigas?

–Sí, las hormigas...¿no has soñado con una habitación cuadrada llena de hormigas negras, recorriendo a millares las blancas paredes?

–No, lo que recorría las blancas paredes era sangre, una sangre espesa, al menos en mi sueño. Pero mi habitación también era cuadrada. Y sin ventanas ni puertas. Y con un...

–Gran espejo –la interrumpió Cristian.

–¡Sí...! ¿También tú lo veías? –preguntó Emma sorprendida.

–Vaya si lo veía, ¿de dónde crees que salían el mayor número de aquellas asquerosas hormigas?

–Increíble, en mi sueño la mayor parte de sangre salía del espejo. No sé como, pero no cabe duda de que existe una estrecha relación entre ambos sueños, o mejor dicho, pesadillas.

–Eso seguro, pero, ¿cuál? –preguntó Cristian retóricamente con aire dubitativo.

Y ambos se quedaron pensando, intentando imaginar que tipo de relación existía entre sus sueños.

–¿Recuerdas como llegamos aquí? –preguntó Cristian tajantemente–. Porque, que yo sepa no te traje para acostarme contigo y ni siquiera bebimos… creo.

–No Cristian, no bebimos y no nos hemos acostado. Huíamos de la gente.

–Te equivocas Emma, creo que he descubierto de qué huíamos y si te soy sincero, no era de la gente en sí, sino de sus miradas –dijo Cristian en un tono frío, lúgubre, como si tan solo recordarlo le congelase el corazón y le tornase rígidos los músculos.

Por otro lado Emma se quedó turbada, un escalofrío comenzó a recorrer su cuerpo, empezando por la punta de los pies y llegando hasta su frente.

–Es cierto… sus miradas… –esbozó Emma asustándose de sus propias palabras, de sus propios pensamientos. Era como si el poder ver con absoluta claridad lo que era capaz de hacer, la desbordara. Por primera vez creía tener la respuesta a una sensación que no resultaba nueva para ella, pero que la tarde anterior había llegado al cúmulo de su potencia y se había descontrolado.

–Lo vemos, ¿verdad? –preguntó el chico sin hacer referencia directa a lo que ambos parece ser que conocían.

–Creo que sí, más que nunca y es horrible –contestó Emma con la mirada perdida.

–Viste aquel padre que…

–Violó a su hija hasta hacerla sangrar… –espetó la chica acabando la frase que Cristian había comenzado.

Ambos se quedaron callados, mirándose a los ojos con aspecto dubitativo, abstraídos. Por primera vez habían hecho una referencia directa a lo que cada uno de ellos estaba sintiendo y visualizando. Y el resultado fue sorprendente, arrollador.

–¿También viste la boda? –preguntó Cristian, ya con un tono de absoluta curiosidad.

–No, contestó Emma. Pero vi morir a un enfermo del bazo. Vi a una madre dando a luz a su hija, vi… –y continuó con una larga lista de visiones fugaces.

–Comparto algunas contigo –dijo Cristian con una voz suave, como si el recordar todo aquello la agotase muchísimo.

–Cristian, concrétame lo que crees que nos pasa, por favor.

–La mirada. Creo que somos capaces de ver el pasado con tan solo analizar la mirada de las otras personas. ¿Y tú qué opinas?

–Pienso que tienes razón, pero que nuestra facultad va más allá. No sólo somos capaces de ver el pasado, sea más inmediato o no. Sino que lo que vemos es el pasado más importante, el más destacado, el que más ha marcado a esa persona. Y, al ser capaces de ver eso, de alguna manera podemos determinar la forma de pensar de esa gente, su modo de hacer, su personalidad… como se comportará en un futuro –contestó Emma, demostrando que jamás había hablado con tanta seguridad como lo estaba haciendo ahora.

Cristian se quedó dubitativo, intentando encajar todas aquellas ideas. Y finalmente asintió con la cabeza.

–Tenemos que controlarlo de alguna manera. Yo no me atrevo a salir a la calle y sufrir otra experiencia semejante a la de ayer –dijo Emma.

–El espejo es el elemento que tenemos en común. El espejo simboliza nuestra capacidad de ver el interior de las personas. El espejo es el reflejo de su personalidad a través de sus ojos, de su mirada. El espejo es el nexo de nuestra facultad, de nuestra relación. Y la sangre, la sangre es el sufrimiento que hemos de padecer para ser capaces de ver lo que vemos. La sangre es el tributo que hemos de pagar para mantener este terrible don. Sucediendo lo mismo con las hormigas, que simbolizan la capacidad de recorrer los intrincados caminos de la mente humana. La capacidad de penetrar por los más recónditos senderos del pensamiento ajeno, sin ser vistos. La capacidad de navegar por el turbio mar de la paranoia y el amor.

Emma se quedó boquiabierta. El relato de su amigo la había dejado de piedra. No por la magnificencia de sus palabras, sino por el hecho de que todo aquello que decía tenía sentido. Todo aquello era cierto. Las piezas de aquel rebuscado puzzle mental encajaban. Y la sola idea de asimilarlo les aterraba a ambos.

—No, tampoco tengo el valor suficiente para volver a salir a la calle… –dijo Cristian, casi en un susurro.

—Pues debemos hacerlo –le indicó Emma firmemente–. Debemos afrontarlo de alguna manera.

—No puedo –insistió el muchacho–, no me veo capaz de soportar todo ese montón de imágenes y sensaciones.

—Pero no todas son desagradables Cristian, y lo sabes.

Además, a mí también me asusta salir a la calle y mirar a la gente, o mejor dicho, que me miren a mí. Recuerda que yo también lo veo.

—Lo sé Emma, sé que no todo es desagradable y que tú compartes este desafortunado poder, si se le puede llamar así. Pero es que si salgo ahí afuera y vuelvo a perder el control, no sé si podré volver a recuperarlo.

—Claro que podrás. Además, yo no pretendo salir y que nos metamos otra vez de lleno en una calle exageradamente repleta de gente, como "La calle del Mar". Mi idea es empezar con algo más *light*. Creo que si salimos poco a poco, cruzándonos con pocas personas al día durante un tiempo, aprenderemos a soportarlo o incluso a controlarlo.

—No sé, no sé –dijo Cristian negando con la cabeza. Es que es algo terrible. Y pensar que seguro que existe gente que estaría ansiosa por poder hacer lo que nosotros hacemos. Pienso incluso que pagarían por ello. ¡Joder, se lo regalaba de buena gana! –espetó finalmente, furioso consigo mismo.

–Cálmate, tranquilízate un poco. Verás que dentro de unos días consigues vivir con ello, porque sino yo me pego un tiro contigo. –Y Emma mostró una vez más aquella hechizante sonrisa, capaz de ablandar el corazón del más duro ser humano y que a su vez potenciaba aún más su belleza.

–Eres estupenda Emma. De veras. Pero… maldita sea, ahora que todo empezaba a irme bien otra vez. Ahora que parecía haber recobrado la estabilidad y la cordura, me encuentro con esto. Incluso me estaba planteando la idea de reemprender mi carrera como detective privado. Volver a resolver las mentiras y engaños incesantes de las personas.

–¿Y qué te lo impide? –preguntó la hermosa chica sin perder aquella sonrisa.

–¡¿Qué me lo impide?! ¿Te parece poco lo que nos está sucediendo? La verdad es que a veces me sorprendes querida Emma.

–Y a mí me sorprende lo tonto que puedes llegar a ser –le soltó ella ni corta ni perezosa.

Cristian se quedó pasmado, no se esperaba aquella respuesta ni por asomo.

–¿Cómo dices? –preguntó, como si intentase darle una segunda opción a su respuesta.

–Digo que eres tonto. ¡Tonto! Con mayúsculas – respondió ella airadamente–. Me sorprende que habiendo sido detective seas tan ingenuo. ¡Si tú mismo lo has dicho antes! ¿No te has parado a pensar que si aprendieras a manejar esto de una forma correcta, serías capaz de resolver delitos alucinantes? ¿No te das cuenta que sabrías quién es el culpable con tan solo mirarle a los ojos, pudiendo obtener pruebas sobre seguro? ¡Burro, que eres un burro! ¡Pues vaya una mierda de detective! –acabó, con un tono irritante.

Cristian no salía de su asombro. Se preguntaba que cable se le habría cruzado. Estaba…¿Enfadado? ¿Dolido? No lo sabía. Quizás aquella chica lo había aplastado psicológicamente, pero lo que más le molestaba era que tenía toda la razón. Toda.

–Lo siento… me he pasado –dijo Emma cabizbaja–. Perdóname.

–No Emma, perdóname tú a mí por no saber controlar mis impulsos. Pero es que en ocasiones me descontrolo totalmente. De repente desconecto una especie de chip que mantiene mi coherencia y… en fin, que me pierdo. Es una sensación muy fuerte, abrasadora… –Y Cristian comenzó a acercarse lentamente a Emma, que se encontraba recostada sobre el cabezal de la cama–. Es una sensación impresionante, aparatosamente intensa… –Se acercaba cada vez más al rostro de la muchacha–. Es un desbordamiento de pasión, de fuego… –Ya tan solo les separaban dos centímetros el uno del otro–. Es…, es… –Cristian poso sus labios sobre los de la hermosa mujer, cuya boca estaba entreabierta y su respiración ligeramente agitada, desprendiendo un cálido aliento por la comisura de sus labios. A la mente de la muchacha llegaron imágenes de su violación, pero desaparecieron de inmediato en cuanto Cristian posó la mano derecha sobre su cara, acariciándola dulcemente. De inmediato, la escena se convirtió en un torrente de pasión. Emma rodeó a Cristian por la nuca, apretando sus labios contra los del ardiente muchacho. Por su parte, él comenzó a descender peligrosamente cuello abajo, desbrochando la camisa de la chica. Y casi sin darse cuenta acabaron bajo las sábanas, inmersos en un abismo de placer, descubriendo cada rincón de sus cuerpos, cada detalle de su piel. Estaba sucediendo algo maravilloso, ambos se habían desprendido de sus aversiones y se encontraban sumergidos en un pleno acto de fusión.

Pasaron toda la mañana regocijándose entre las sábanas, descubriendo los secretos más íntimos el uno del otro, rodeados de una oleada de calor. Puede que no fuese amor lo que sentían, todavía era demasiado pronto, pero en cambio la necesidad de cariño que ambos tenían, les había conducido a consumar un acto que les unía definitivamente. Pero su relación, no se asemejaba en nada a ninguna otra que haya existido jamás. Aquel acto, no era solamente sexual. Y los hilos de la pasión no eran los únicos que movían aquel desbordamiento de placer. Cierto, no era amor, pero ambos tenían la capacidad de analizar a su semejante mediante la mirada. Aquello era un factor que les asustaba muchísimo, pero como toda cosa, tenía su lado positivo y su negativo. Emma podía ver en Cristian lo que realmente deseaba, en cualquier momento, y en ese preciso momento la deseaba a ella, muy fuertemente, pero no la amaba, sin ataduras. Por su parte, Cristian vio en Emma que algo en su interior pedía cariño a gritos y su cuerpo desprendía halos de pasión por todas partes. Los dos se analizaban constantemente, de forma involuntaria y eso, para bien o para mal les permitía y les permitiría saber lo que pensaban o sentían el uno del otro por el resto de sus días. No eran necesarias las palabras, ni tan siquiera los gestos. En la cama, aquella mañana empezaron a aprender el arte de la mirada, el psicoanálisis visual, era una sensación que se hacía presente más fuertemente que la del propio acto carnal. Su don era único.

Eran las tres menos cuarto de la tarde. A aquellas horas, estaban completamente exhaustos, su actividad matinal les había agotado físicamente por completo. Decidieron levantarse e ir a preparar algo de comer.

–¿Qué te apetece comer? –preguntó Cristian.

–A mí me apetece pasta. Con el esfuerzo que hemos hecho, algo de hidratos no nos vendría mal –contestó Emma, ocultando la cara bajo las sábanas pícaramente.

–De acuerdo. ¿Vienes conmigo a la cocina?

–Mmmmh… está bien –dijo perezosamente.

Fueron a la cocina, pero tuvieron la desagradable sorpresa de que la despensa estaba completamente vacía y de igual forma la nevera. Parecía mentira como había podido sobrevivir aquel muchacho. ¿Qué habría comido durante esos meses? La verdad es que su aspecto había decaído mucho, aunque todavía conservaba un especial atractivo, al menos para Emma.

–¿Qué vamos a hacer? –preguntó ella.

–Supongo que tendrás que conformarte con un par de pizzas.

–¡Vale! –dijo la chica con aire divertido–. La pizza me encanta.

–De acuerdo, entonces voy a llamar ahora mismo. –Y Cristian se puso a marcar el número de la pizzería que estaba a un par de manzanas de su casa. Todo transcurrió normal hasta que le faltaron dos números por marcar. Y fue entonces cuando colgó el teléfono y se quedo mirando pasmosamente a la chica.

–¿Qué pasa? –preguntó ella–. ¡Venga, llama ya, que me muero de hambre! –dijo impaciente.

–El "pizzero"… ¿Qué vamos a hacer con él? –preguntó preocupado.

–Muy fácil. Abriremos la puerta, le haremos pasar y nos lo comeremos junto a las pizzas –dijo seriamente la muchacha.

Cristian se quedó perplejo, mirando a Emma. Entonces ambos estallaron a carcajadas.

–Tranquilo pequeño, estaré a tu lado. Además, no creo que nos entregue las pizzas un psicópata asesino.

–No te fíes, a lo mejor es primo hermano de Hannibal Lecter y se nos come él a nosotros. –Otra vez empezaron a reír.

–Está bien, pero tu estarás a mi lado cuando abra la puerta, si te soy sincero estoy bastante asustado con la idea de encontrarme algo parecido a lo de ayer. Y otra cosa, tendrías que taparte un poquito antes de que llegue… –Y le dio un cachete en la nalga derecha, la cual estaba parcialmente tapada por una camiseta de Cristian.

–¿Pero por qué? ¿Dos mejor que uno, no? –replicó ella irónicamente.

–¡Exactamente! –dijo él–. Por eso pediré dos pizzas… –Y de nuevo llegaron las carcajadas y ambos se besaron y abrazaron cálidamente.

El repartidor se presentó al cabo de veinte minutos, con dos enormes pizzas aún calientes y con extra de queso. Llevaba una gorra roja, cuya visera le cubría prácticamente la totalidad de la cara. Dio las buenas tardes y fue en ese momento cuando alzó la cabeza y dejó sus ojos al descubierto. Inmediatamente, nada más cruzar la mirada con él, Cristian y Emma entraron en su fase de análisis involuntaria, no eran capaces de controlarlo. Fueron capaces de ver, en lo que tan solo fue un "hola que tal, aquí tienes; quédate el cambio", un sinfín de imágenes y sonidos. Vieron a aquel chico preparándose para los exámenes de la facultad. Le vieron visitando a su madre en el hospital. Le oyeron cantar nanas a su hermana menor para hacerla dormir y como, exhausto, se levantaba temprano para ir a trabajar para poder sacar la familia adelante. Porque también vieron como sufría un accidente hacía un año y perdía a su padre. Fue todo rapidísimo, veloz. Sintieron aquellas imágenes como si se encontrasen metidos en la propia alma de aquel muchacho, como si fueran dos actores en escena, cuyos decorados parecen absolutamente reales, con un *atrezzo* impresionante.

Se quedaron de nuevo solos. Callados. Se miraron y como no, no les hicieron falta palabras para expresar lo que sentían. Conversar se estaba convirtiendo para ellos como en una especie de hobby, porque realmente no necesitaban hacerlo, mantenían una relación casi telepática. Sabían todos los hechos más relevantes de la vida de aquel buen muchacho. Sintieron un gran respeto por él y una enorme admiración por su forma de hacer. Cristian miró en su billetera, y vio en ella que sólo quedaba un billete de veinte euros, lo cual significaba que le había pagado con cincuenta, ya que llevaba un total de setenta euros. Descubrió que de forma involuntaria le dio una gran propina a aquel muchacho, porque las pizzas sólo costaron quince euros. Debía haber sentido la necesidad de darle de más al chico, para intentar compensar aquel modo tan noble de actuar para con su familia.

Todo esto a Cristian se le antojó desconcertante. Se sentía muy bien por haber dado aquel dinero al "pizzero", pero también se sentía fatal por la forma en que se lo había dado. Se daba cuenta de que si no conseguía controlar aquello, acabaría por provocarle un daño que podía ser irreparable. Pero ya no le asustaba tanto, se había dado cuenta que quizá no fuese tan malo, y lo mismo le ocurría a Emma.

—Lo controlaremos. Lo sé —dijo la pelirroja muchacha después de leer la mirada de su compañero.

—Sí. Y por mi parte no pienso tardar mucho, si es necesario me dejaré la piel hasta conseguirlo.

—Pero hay una cosa que me parece extraña Cristian…

—¿Sí?

—¿Te das cuenta que entre nosotros, sabemos casi al detalle lo que pensamos en tiempo real? En lugar de solo ver las cosas más relevantes como en el resto de la gente.

—Pues es cierto —contestó el muchacho—. Entre nosotros debe existir algo más, un nexo de conexión especial que varía nuestra capacidad. Debemos averiguar que es.

–Debes volver al trabajo, será la mejor forma –dijo ella decidida.

–Está bien. Pero tú trabajarás conmigo –aventuró él mirándola fijamente con un tono serio en la voz. Indicando con absoluta certeza que no bromeaba.

–¿Yo? ¿Y qué voy a hacer? ¿Si yo no soy detective?

–Con tu don, no te hace falta casi experiencia. Además, no te preocupes, es un oficio que se aprende a base de saber observar y eso, la verdad es que lo tenemos, vaya si lo tenemos.

–Bueno, de acuerdo, no hace falta que insistas más. Además ahora estaba sin trabajo. ¿Me pagarás bien?

–¡De lo mejor!¿Dónde iba a encontrar una ayudante tan guapa como tú?

–¡Oye! ¿Sólo me contratas por mi belleza escultural? ¡Serás machista!

–Pues… sí –dijo él con aire indiferente y mirando para otro lado para que ella no pudiese ver lo que decían sus ojos.

–¡Serás desgraciado! –espetó ella, falsamente enfadada y se dio la vuelta mostrándole la espalda.

Entonces él se acercó por detrás y la agarró suavemente por la cintura, besando dulcemente su cuello. Ella cayó rendida a sus caricias y dándose la vuelta y sonriendo le abrazó con cariño.

4

–Pues sí, tal y como usted me dijo, el corte es extremadamente limpio. El asesino, o bien utilizó una hoja muy afilada o, como creo, usó un arma de unos doscientos setenta milímetros de longitud. Pero de todas formas debía estar bastante afilada para realizar este corte con un mínimo movimiento. Perfecto, sí señor, un corte perfecto.

–¿Perfecto? ¿No decía que no existe el crimen perfecto? –puntualizó González.

–¡Por supuesto que no existe! Me refiero a un corte perfecto. He de admitir que en lo referente al corte en la garganta, en mi vida había visto algo semejante, ni siquiera los cortes hechos por un bisturí tienen este aspecto. Parece como si la garganta se le hubiese partido en dos automáticamente, por sí sola. No existe el más mínimo rastro de que un arma blanca haya recorrido su cuello de punta a punta. Ni existe desgarro, ni cardenales… nada, simplemente un limpísimo corte de extremo a extremo. Y sangre, eso sí, mucha sangre –replicó Cifuentes.

–¿Y bien? ¿No existe ninguna otra prueba? Yo que sé… cabellos por el suelo, restos de ropa, alguna uña rota, o algo por el estilo –preguntó González.

–Tranquilo jefe, acabamos de llegar, me ha sacado de la boda de mi cuñado para venir aquí, no sea impaciente por favor –contestó Cifuentes condescendientemente.

–Perdóname "Cifu", pero es que haber llegado y no haber encontrado nada me desespera. Siento haberte molestado en un día como este. A veces pienso que me dieron la licencia de policía en la tómbola, soy un desastre –dijo González cabizbajo.

–¿Cómo dices? Perdona "Gonzo", pero... te recuerdo que eres Inspector Jefe de la policía, algo habrás tenido que saber para llegar hasta ese puesto. Vamos, digo yo.

–Sí, claro –afirmó González–, algo he hecho todos estos años, y ha sido chupar el trasero del comisario día y noche. Eso es lo que he hecho.

–¿A estas alturas te me estás haciendo la víctima "Gonzo"? ¡No me jodas! Todos, y más yo, sabemos que eres un magnífico policía y un gran sabueso. Llevas a tus espaldas parte de los crímenes resueltos más importantes de este país, de las últimas décadas. Eres el mejor en seguir la pista a los peores asesinos –espetó Cifuentes indignado.

–No exageres "Cifu". ¿De qué me ha servido la experiencia de todos estos años? Para nada. Sigo siendo igual de inútil en el lugar de los hechos, y eso querido amigo, es el punto más importante de toda investigación.

–"Gonzo", ¿has oído hablar del trabajo en equipo? Sabes que desde la academia, tú fuiste siempre el más pícaro, y el más rápido, y el más fuerte, y el más hábil, y el más... el más ligón. Y en cambio yo no me comía una rosca.

–No te quejes de eso "Cifu", que conseguiste casarte con una mujer maravillosa, no como la zorra que me dejó tirado sin un duro el año pasado para marcharse a Cuba.

—¡Sí, claro, porque tuve la suerte que estaba medio ciega y loca! —soltó Cifuentes echándose a reír—. Siempre fuiste el mejor y lo sabes, Inspector González.

—Y tú siempre fuiste y serás el mejor policía de la científica que existió y existirá. Jamás lo he dudado ni lo dudaré —dijo González abrazando fuertemente a su compañero y amigo de toda la vida. Y cuando se separó de él le dijo alegremente—: ¡Somos el mejor equipo!

—¡Por supuesto "Gonzo"! No te preocupes, dame un par de horas y en unos días tendremos al hijo de puta que hizo esto entre rejas.

—Está bien, pero tendrás que afinar, este tipo es bueno…muy bueno —dijo González con aire preocupado. Sólo espero que se limite a este asesinato, no quiero encontrarme con otro asesino en serie y mucho menos levantar escándalos entre la prensa.

—No te preocupes, no tiene pinta de ser un asesino en serie; no he encontrado ninguna "firma" que me lleve a pensar eso. Tú encárgate de investigar al fiambre. Comprueba si tenía deudas de algún tipo, si se llevaba mal con su mujer, si tomaba drogas, si… ¡Joder, parezco yo el jefe! Perdona "Gonzo" —añadió Cifuentes, con una expresión en la cara semblante a la de un niño que acaba de romper un plato, ante la mirada expectante y sorprendida de su madre.

—¡Vaya con el niño tímido, se me está subiendo a la parra! ¡Tendré que espabilarte y meterte en cintura! —le replicó González. Y ambos comenzaron a reírse a carcajadas, como lo llevaban haciendo desde que eran críos. A pesar de sus diferencias: Cifuentes, el tímido; y González, el del desparpajo; siempre habían sido como uña y carne, habiéndose separado en raras ocasiones.

5

Agosto. Un insufrible agosto. Una terrible ola de calor estaba azotando la ciudad. La poca gente que quedaba en ella, la mayoría de ellos turistas, abarrotaba las fuentes públicas. Era tal la temperatura, que cuando cruzabas la calle, parecía que las suelas de los zapatos se quedaban pegadas en el asfalto.

A mediodía todo estaba desierto.

Ni un solo coche.

Nada.

Las playas estaban algo más pobladas, pero en la arena eran muy pocos los que se atrevían a quedarse más de media hora. El hecho de hacerlo, suponía condenar a la piel a quemaduras solares garantizadas.

Los hospitales estaban llenos por culpa de las insolaciones.

En la pequeña oficina, incluso el aire acondicionado parecía negarse a funcionar. El ambiente estaba sometido a un espesor, provocado por la humedad, que lo hacía casi irrespirable. En aquellas horas, todo y todos parecían estar aletargados.

Cristian estaba recostado sobre la mesa, medio tumbado en el suelo, con la cabeza de Emma sobre sus piernas, estirada al lado de él. Sudaban a mares. Apenas habían probado bocado de la comida china que habían pedido. Dormitaban.

Aquella mañana, había sido especialmente dura. Se habían pasado las últimas semanas preparando toda la oficina, así como gestionando toda la documentación y encargándose del "entrenamiento" de Emma. Y esa mañana de agosto, por fin habían terminado. Y aquel calor, aquel terrible calor, parecía haber terminado con ellos.

–No puedo más. Me muero Cristian –murmuró Emma con voz casi inaudible.

–¿Te mueres? Yo ya hace rato que estoy muerto. ¡Este calor no es normal! –añadió Cristian.

–Tiene guasa la cosa, ahora que parece que controlamos nuestra faceta y podemos salir a la calle sin preocuparnos de la gente, la ciudad está desierta –dijo Emma.

–Cierto cariño…cierto –expresó somnoliento Cristian.

–Creo que deberíamos tomarnos unas vacaciones. ¿No crees? –preguntó la chica.

–¿Unas vacaciones? ¡Pero si todavía no hemos empezado a trabajar! Y además, mi cuenta corriente está descendiendo a una velocidad vertiginosa. En un par de semanas no tendré ni para pipas y tú me hablas de vacaciones. Eres increíble –contestó él.

–¿Acaso tú puedes trabajar con este calor? Porque yo no. Además, tampoco decía de ir a un hotel de cinco estrellas en París. Me conformaría con perderme entre las sombras de los árboles en un frondoso bosque del Pirineo. Bañarme en las aguas heladas de los riachuelos y respirar un poco de aire fresco y seco. Tan solo eso.

–Te entiendo Emma. Yo tampoco puedo trabajar, pero ahora tenemos todo a punto y estamos sin blanca.

–Sabes Cristian, tengo unos pequeños ahorros que creo que deberíamos utilizar para desconectar un poco de este cansino clima de la ciudad. Creo que nos han pasado demasiadas cosas en tan corto plazo de tiempo y deberíamos relajar cuerpo y mente. De no ser así, si empezamos a trabajar, no estaremos en unas condiciones de lo más óptimas que digamos para llevar a cabo cualquier investigación.

Cristian se quedó pensativo, meditando cada una de las palabras que aquella sorprendente y hermosa chica le había dicho. Y finalmente añadió:

–Está bien… a lo mejor tienes razón y lo mejor sería dejar todo un poco de lado. Pero si nos escapamos a la montaña, como tú quieres, continuaremos con tu entrenamiento, ¿de acuerdo? Ah, y que sepas que odio la montaña, soy de los que piensa que "pal monte tiran las cabras".

–¡Bien! Tranquilo, no te preocupes, seguro que lo pasaremos de muerte.

Y de muerte lo iban a pasar, pero ellos aún no lo sabían. Aquel viaje se convertiría en el último descanso que tendrían en mucho tiempo.

6

Pasaron tres semanas y agosto llegaba a su fin. Los cielos catalanes, cada vez más frecuentemente, estaban cubiertos de enormes cumulonimbos, trayendo consigo magistrales tormentas, capaces de estremecer las más templadas almas. El cielo se convertía en un impresionante espectáculo de luz y sonido.

Realmente aquel viaje les había recargado las baterías. A pesar de su poca afición al medio, Cristian había disfrutado mucho más de lo que hubiese imaginado en se entorno. Llegaron tristes, porque lo habían pasado estupendamente, allá, perdidos en las altivas montañas. Pero a su vez, tenían los ánimos enfundados con un envoltorio de fuerza y resistencia. Sus mentes estaban tranquilas. Toda su maquinaria había sido perfectamente engrasada.

Había llegado la hora de ponerse a trabajar. Allí estaban, con todo a punto, sentados en el pequeño despacho, esperando la llamada de algún cliente. Se morían de ganas de que les encargasen un caso, aunque sólo fuese para investigar a un marido receloso con su mujer. Pero no llamaba nadie, y así pasaron la última semana de aquel caluroso mes de agosto.

Sonó el teléfono. Ambos dieron un respingo de la silla, como si el sonido de aquel aparato hubiese sido una tremenda explosión. Cristian cogió el teléfono, le temblaba la voz por los nervios. Contestó. Se trataba de una mujer joven, de voz pausada, frágil. Parecía que a cada palabra que pronunciaba se fuese a quebrar. Tan solo se limitó a preguntar si no se había equivocado y había contactado con una agencia de investigación privada. Y tras esto colgó sin ni siquiera decir adiós.

Al día siguiente, al llegar a la oficina, encontraron un misterioso sobre que habían introducido bajo la puerta. En él se les citaba ese mismo día en una enorme casa situada en un conocido barrio adinerado de la ciudad.

Llegaron a las cuatro y media de la tarde. Habían sido citados a las cinco, pero preferían llegar antes y comprobar e investigar un poco la casa desde afuera. Aunque les salieron fallidos los planes. El enorme caserón estaba rodeado de un muro gigantesco pintado de blanco. Y la puerta principal constituía la entrada de una vigilante fortificación, abarrotada de cámaras de seguridad. Siéndoles también imposible ver nada por la parte de atrás, ya que la puerta posterior, era sólo eso, una puerta, cerrada, enclaustrada en ese inmenso muro. Así que se pasaron media hora en el coche esperando a que llegase la hora.

Dieron las cinco, arrancaron el utilitario y se dirigieron hacia la entrada principal. Una vez se situaron ante la barrera de acceso, pulsaron el botón de un sofisticado interfono, y a los pocos segundos se encendió un pequeño monitor que mostraba la cara del bigotudo vigilante de seguridad. Dijeron a que venían y les abrieron la barrera y la verja metálica. La casa estaba rodeada de hermosos jardines, donde predominaban los rosales, las belladonas y alguna que otra cicuta. Les hicieron indicaciones de dónde debían aparcar y momentos después les acompañaron a una amplia sala en el interior de la casa.

Allí les recibió una hermosa mujer, rubia y cubierta de pecas. Su brillante pelo resaltaba singularmente con su vestido de dos piezas completamente negro. Emma sintió celos cuando comprobó como su jefe, a su vez amante, la miraba de arriba abajo. Pero se resignó, ya que aquella dama era indiscutiblemente bonita.

–Perdonen que les haya hecho venir rodeados de tanto misterio, pero es que sospecho de mucha gente y he tenido que ser precavida –dijo la rubia, que sin lugar a dudas, era la misma persona con vocecilla frágil que llamó por teléfono.

–¿Por qué tiene miedo? ¿A qué se debe su llamada? –interrogó Emma, pillando por sorpresa a Cristian.

–Pues, verá, resulta que mi padre ha muerto. Los médicos dicen que fue muerte natural: una insuficiencia cardiorrespiratoria. Pero yo no me lo creo, estoy segura que le asesinaron.

–¿Y en que se basa para realizar esa afirmación? –inquirió Cristian, adelantándose a Emma, que parecía que había aprendido demasiado.

–Mi padre, aunque era bastante mayor, se encontraba en perfecto estado de salud. Por eso no me creo lo de su "insuficiencia" –contestó ella irónicamente.

–¿Y por qué no le ha contado esto a la policía? –preguntó Emma.

—Ya lo he hecho. Pero los muy desgraciados me dijeron que el forense había determinado que la muerte había sido natural, así que no me han hecho ningún caso.

—Entiendo...suele pasar con la policía, se lavan las manos si no tienen nada realmente tangible–dijo Cristian indiferentemente.

—Que me lo digan a mí, únicamente se limitaban a contemplar mi escote, sin ser capaces de levantar su mirada. ¡Son unos cerdos indiscretos! –espetó indignada la señorita.

—Bueno, en eso yo no tengo nada que ver. Hay de todo, que quiere que le diga. A mí, como detective, nunca me han puesto muchas trabas en mis investigaciones, en contra de lo normal; suelen ser muy celosos con su trabajo y no les gusta que nadie meta las narices en sus pesquisas – dijo Cristian, aunque en lo que realmente pensaba era en los hermosos e impresionantes pechos de aquella impresionante rubia, comprendiendo la postura de los policías.

—¿Sospecha de alguien en concreto, señorita...? – preguntó Emma.

—Alicia. Perdonen que no me haya presentado. La verdad es que no me fío de nadie. Pero no sé quien podría querer hacer daño a mi padre. Era un hombre muy bueno con todo el mundo, sino pregúntele al servicio, que son los que más tiempo pasaban con él desde que se jubiló.

—¿Entonces quién querría quitarlo en medio?¿Tenía algún tipo de deuda? ¿Estaba enemistado con alguien? ¿Quién podía ganar con su muerte? Por cierto, yo soy Cristian y ella es Emma, mi ayudante.

–No, que yo sepa –contestó ella.

– Pues que quiere que le digamos, lo cierto es que no nos está ayudando mucho. No se puede realizar una acusación sin tener ni una sola conjetura –dijo Emma calmosamente, mientras tomaba un jarrón de la mesita de la sala de estar y se quedaba contemplándolo.

– Cierto. No podemos comenzar una investigación sin saber por qué debemos investigar. Necesitamos algo o alguien de lo que sospechar, algún motivo fehaciente ¿comprende señorita? –añadió Cristian.

– Sí, les comprendo. Pero lo siento mucho, como les he dicho, mi padre era un hombre excepcional y no sospecho de nadie. Pero estoy segura que lo mataron.

Y sí estaba segura, vaya si lo estaba. La pareja de investigadores, pudo ver con una claridad absoluta la certeza que aquella muchacha tenía en su mente, respecto a que su padre había sido asesinado. Aquella chica, cuyos cabellos dorados semejaban viva llama, estaba totalmente segura de sí misma. Y su padre era un buen hombre, o al menos con su hija. Les vieron jugar juntos, reír juntos, llorar juntos por la muerte de su madre. Vieron como su progenitor la recostaba sobre su regazo y acariciándole el enredado cabello rubio, la aconsejaba sobre lo dura que sería la vida, pero también sobre lo hermosa que era. Los vieron felices.

A Alicia nunca le había faltado de nada. Su padre había sido un gran empresario y siempre le había proporcionado todo lo necesario; y más. Desde que ella tenía uso de razón, su padre siempre había estado ahí, para lo bueno y para lo malo. Jamás le había puesto la mano encima y siempre la había tratado cual mejor de las damas. Había sido un gran padre para ella y por eso la triste muchacha se negaba a despedirse de él. Debía estar completamente segura de que había muerto de forma natural, de cualquier otro modo se sentiría en deuda con él.

Se quedó cabizbaja. Sentía impotencia. Lagrimas rebeldes escaparon de sus ojos, recorriendo su cara, bajando por su cuello, perdiéndose entre sus pechos.

—Lo intentaremos —dijo Cristian, acercándose y poniendo su mano sobre el hombro de la hermosa mujer —. No se preocupe, si a su padre lo mataron, nosotros lo sabremos.

—Les pagaré bien, se lo prometo. Ustedes digan una cifra y la tendrán, el dinero no es problema —sollozó Alicia.

—No se preocupe por eso ahora, en cuanto tengamos algún indicio de que su padre fue asesinado, le pasaré nuestros honorarios.

—Está bien. Confío en ustedes, parecen buenas personas. Si hay algo que pueda hacer, no duden en avisarme. A partir de ahora tienen acceso total a la casa.

—De acuerdo —dijo Emma—. Entonces, manos a la obra. Por cierto, ¿a qué se dedicaba su padre? Parece ser que le iba bien en la vida.

—No, no me falta de nada, lo admito. Todo lo que tengo fue obra de él. Fue un brillante empresario. Era propietario de unas cavas en Sant Sadurní d'Anoia. Él mismo comenzó trabajando sus tierras. Pero la fortuna le sonrió y poco a poco su negocio subió como la espuma de sus cavas. Se hizo con el sesenta por ciento de las tierras colindantes a las suyas y su producción aumentó de forma muy considerable. Además, supo cubrirse las espaldas, invirtiendo en inmuebles por si alguna vez llegaban malos tiempos para sus tierras. Y así ocurrió. Hace unos años un extraño parásito acabó con parte de sus cosechas, la otra parte fue destruida por una terrible tormenta de granizo. Pero su astucia le salvo de la quiebra, ya que el dinero del seguro no te da para nada. Su sangre fría y su mente calculadora le permitieron sacar su negocio a flote. Con la venta de una parte de sus propiedades inmobiliarias tuvo suficiente para comenzar desde cero. Y la suerte le volvió a acompañar. Llegaron buenos tiempos, sus cosechas dieron los mejores frutos de toda su vida. Mi padre fue el propietario de las mejores viñas de toda la comarca y posiblemente de todo el territorio español. Y así consiguió lo que tengo hoy en día. Me lo dio sin pedirme nada a cambio.

–¿Sabe si el parásito que ha mencionado, se extendió por la región?¿O sólo lo padecieron las propiedades de su padre? –inquirió Cristian.

–Sí, se extendió rápidamente por toda la zona. Fueron muchos los que tuvieron que vender sus tierras. Cosa que mi padre aprovechó para ampliar todavía más sus dominios. En lugar de una desgracia, aquel parásito, al final lo que le trajo fue una increíble suerte –contestó Alicia.

–Está bien. ¿Cuánta gente trabaja en la casa? –preguntó Emma.

–Cuatro personas. Tenemos el cocinero, un mayordomo, la señora de la limpieza y el jardinero. Pero no pasan aquí todo el día, solamente vienen a las horas pertinentes para acatar sus obligaciones.

—Dígame, señorita, ¿sabe si su padre ha mantenido relaciones con alguna otra mujer tras la muerte de su madre? –preguntó Cristian.

—No. Al menos que yo sepa. Además, cuando mi madre murió, mi padre ya estaba bastante viejo y sinceramente no creo que salir con una mujer fuese lo que más le apeteciese.

—Lo sé señorita, pero es una opción que no podemos descartar, ya que a lo largo de mi carrera como investigador me he encontrado con casos mucho más sorprendentes.

—Está bien, le comprendo. Pero jamás volví a ver a mi padre con otra mujer, ya casi no salía de casa.

—¿Todavía conserva las tierras? ¿Las heredó usted? –interrogó Emma.

—Sí, íntegramente. Yo misma conozco el oficio y me encargo de ellas. Todo lo que tenía mi padre ha pasado a ser de mi propiedad. Pero ya era mío cuando él estaba en vida, hace años que todo está a mi nombre. Él quiso que fuese así. Decía que una de las cosas que más le llenaba era ver a su hija feliz y respaldada económicamente. Y como no, admitía que se le caía la baba al verme gestionar su negocio con su mismo estilo.

—Así que siempre ha sido usted una chica bien, ¿no? –dijo Cristian irónicamente.

—Sí, eso es lo que se puede pensar. Mi padre me lo dio todo, es cierto. Pero todo también significa educación.

¿Y si le digo que he trabajado de camarera? O ¿qué le parece de dependienta en una frutería? Mire, mi padre sudó mucho antes de llegar a tener lo que hoy en día tengo yo. Y yo he tenido que trabajar para obtener mi dinero hasta ahora.

–¿Me está diciendo que no ha podido disponer de un solo duro hasta ahora? –preguntó Cristian sorprendido.

–¡No hombre! Yo he tenido todo el dinero que he querido. Pero no era mío, sino de mi padre. Él quiso que yo supiese lo que costaba ganarlo, así que tuve que trabajar para poder obtener algo de liquidez. Entonces sí que era mi dinero, no el de mi padre. Y gracias a ello, sé valorar perfectamente lo que tengo.

–Sorprendente, sencillamente sorprendente –dijo en tono pensativo Cristian–. Cuéntenos, ¿cuáles eran los hábitos de su padre? ¿Qué hacía desde que se levantaba hasta que se acostaba?

–Llevaba una vida de lo más sencilla a pesar de su poder económico. Se levantaba todos los días a las ocho de la mañana. Desayunaba siempre dos huevos con tres trozos de bacón y un zumo de naranja. Le he visto desayunar eso toda la vida y jamás ha estado enfermo de nada. Algunas mañanas paseaba por el jardín y en ocasiones se bañaba en la piscina de la finca, le encantaba nadar. Otras salía al exterior junto con Sergio, nuestro mayordomo y se encargaba de la gestión de sus tierras y propiedades.

Los fines de semana salíamos juntos, nos gustaba ir a una casa que tenemos en los pirineos, en la Vall d'Aran, en una pequeña aldea llamada Lladorre. Adoraba tumbarse por la noche en el jardín, cubierto por una mosquitera y dormirse mirando a las estrellas.

Cuando estábamos en casa, a mediodía antes de comer le gustaba jugar una partidita de cartas con Sergio. Se llevaban muy bien, eran grandes amigos a pesar de que uno era el jefe y el otro el sirviente. Mi padre decía que para él, Sergio era como el hijo que nunca tuvo. Me dijo que si alguna vez nos dejaba, que tratara a Sergio como a un hermano y así lo he hecho.

Tras comer, mi padre últimamente se echaba una pequeña siesta. Y se levantaba sobre las cinco de la tarde. Entonces se metía en el desván a practicar una de sus aficiones favoritas, construir barcos en miniatura. Tenía más de dos mil.

Y por la noche, después de cenar, se servía un gran vaso de moscatel de su propia cosecha y se fumaba un habano cubano, su único vicio. Después se iba a dormir. Y así todos los días.

—Sé que es duro para usted señorita, pero, ¿podría detallarme la muerte de su padre? –preguntó Cristian.

—Claro… aunque no hay mucho que contar. Mi padre se comportó normalmente el día anterior –comenzó ella.

—¿El día anterior? ¿Murió por la noche, mientras dormía? –inquirió Cristian.

—Sí, claro… no nos enteramos de nada. El día anterior, como les decía estuvo más animado que nunca. Pero a la mañana siguiente… –acabó Alicia entre sollozos.

–Tranquilícese. Tómese el tiempo que quiera –dijo Emma, sujetándola por la cintura.

–Lo encontramos muerto, acostado, con una sonrisa en los labios. Murió sonriendo. Como si pretendiese burlarse de la mismísima muerte. Pero la estancia estaba como siempre. No había ningún tipo de desorden – continuó la chica entre lamentos.

–De acuerdo. ¿Han tocado algo de su habitación tras su muerte?¿Han modificado muchas cosas de la casa desde que les dejó? –interrogó Cristian.

–No, yo misma me he encargado de que no toquen nada, porque tenía pensado llamarles. Está todo tal cual. La policía ni se molestó en mirar.

–Muy bien, llévenos hasta el lugar donde su padre se tomaba su copa y habano –dijo Cristian decididamente.

La rubia les indicó que la siguieran. La casa era enorme, tuvieron que recorrer cuatro pasillos antes de llegar hasta una pequeña habitación, rodeada de estanterías repletas de diminutos barcos de madera. Era una colección impresionante. La constitución de estas pequeñas pieza estaba realizada con la más pulida precisión.

Una vez allí, Cristian se acerco al sillón que estaba frente a una pequeña chimenea. A la derecha de éste había una mesita de cristal y sobre ella descansaba un vaso tallado en forma de prisma y una botella de cuello ancho vacía.

–¿Estaba la botella vacía en el momento de la muerte? –preguntó Emma.

–Sí, aquella noche mi padre debió acabársela – contesto la rubia.

Cristian se metió las manos en los bolsillos y extrajo del derecho un par de guantes de látex blanco y del izquierdo una pequeña bolsa de plástico. Se puso los guantes, cogió el vaso y lo metió en la bolsa. Después sacó otra bolsita y metió la botella. Y repitió la operación con el cenicero y la colilla del habano.

–Esto se viene con nosotros. Tengo que analizarlo. Pero antes de marcharnos, dígame, ¿están todos los empleados de la casa aquí?

–Sí, les mandé llamar a todos por si usted deseaba hacerles alguna pregunta –contestó ella.

–Pues dígales que vengan por favor –expresó Cristian secamente.

Entonces Alicia hizo una señal a Sergio, el mayordomo, que llamó a todos sus compañeros.

Pasados cinco minutos, todo el servicio de la lujosa casa estaba presente. Ninguno de ellos mostraba ser diferente de cualquier persona normal y corriente. El mayordomo era un hombre recio, con un grueso bigote que le tapaba el labio superior de la boca. El cocinero era bajito y rechoncho, con unos ojos grandes y redondos. En lo que se refería al jardinero, era un hombre bastante anciano, con las manos muy grandes y arrugadas y tenía un porte encorvado. La señora de la limpieza, en cambio, estaba erguida como una lápida, tiesa y exageradamente flaca.

Todos juntos conformaban una estampa de lo más singular, parecían salir de una película de Alfred J. Hitchcock.

Cristian comenzó a hacerles diversas preguntas, acerca de la noche en que sucedió el triste suceso. Preguntó al cocinero la hora en que sirvió la cena: que rondaba sobre las ocho de la tarde y que consistió en sopa y pollo al cava, el plato favorito del señor. Después preguntó al mayordomo si había notado algo extraño en el comportamiento de su jefe tras la cena. Este le contestó que estaba como siempre y que incluso jugaron una partida de cartas. Y finalmente hizo un par de preguntas, sin fundamento, al jardinero y a la escuálida señora de la limpieza, que habían abandonado la casa a media tarde.

Pero no fueron las preguntas con lo que Cristian pretendía sacar algo en claro. Ambos investigadores, querían comprobar la mirada de aquella gente, indagar en lo más profundo de su ser. Pudieron ver la estrecha y verdadera relación que mantenían Sergio el mayordomo y el señor de la casa. Pudieron ver la sequedad de la mente, de la seca también señora de la limpieza. Pudieron ver la inmensa bondad de aquel anciano jardinero, tranquilo y apacible. Y pudieron ver el temor y la desilusión del gordito cocinero, tras perder a su amo y pensar que era culpa suya. Pero no era así. Ninguno de aquellos cuatro seres, afligidos y preocupados había matado al rico anciano. Sus miradas lo decían, o mejor dicho, no lo decían.

Se despidieron de la muchacha de cabellos dorados y se marcharon. En el camino no se cruzaron ni una sola palabra. Ambos estaban absortos en un minucioso análisis de todo lo que acababan de ver, oír y preguntar.

77

Cuando llegaron a casa, Cristian preparó café y tras sentarse el sofá, hizo una llamada telefónica. Llamó a Tina Stevenson, una margariteña de la conocida isla del Pacífico, que llevaba viviendo en España ocho años. Trabajaba en los laboratorios de balística de la policía, y además poseía unos conocimientos químicos impresionantes. Hacía muchos años que se conocían. Se quedaron atrapados juntos en el ascensor de un hospital durante dos horas y así comenzó una bonita amistad.

Colgó y Emma le dijo:

—Apuesto contigo la mitad de mi sueldo a que si tu amiga encuentra algo en el vaso, se tratará de belladona, o puede que la cantidad de cicuta, aún sea mayor.

—¿Belladona?¿Cicuta? ¿De que estás hablando? —preguntó Cristian desconcertado.

—Te estoy diciendo que el asesino no trajo consigo el arma del crimen. Si es que hay asesino, claro. Me fijé en el jardín y habían infinidad de plantas. Y entre ellas me sorprendió ver belladonas y cicutas, altamente toxicas, sobre todo la última. El propio Sócrates murió bebiendo el jugo de ésta planta, cuyo nombre tiene un significado de lo más escabroso, ya que significa "tú serás mi muerte".

—¿Desde cuándo eres experta en botánica? —preguntó su compañero perplejo.

—Desde que mi padre lo era. Desde niña conozco muy bien las plantas, es el mejor legado que me ha podido dejar.

—Vaya, eso no lo sabía de ti —añadió Cristian pensativamente y algo sorprendido al darse cuenta que se le escapaban detalles acerca de su compañera–. ¿Y si murió envenenado, por qué no salió ningún positivo en las analíticas de la autopsia?

–Esa es una cosa que me tiene desconcertada. En teoría la belladona y la cicuta deberían haber dado positivo, ya que los elementos químicos que poseen son muy potentes en la sangre. Pero el asesino de alguna forma u otra ha debido ocultarlos. Aunque existe otra posibilidad…

–Y es que le hayan ido envenenado poco a poco, durante varios días, de tal forma que la absorción del veneno haya hecho desaparecer todo rastro de la sangre, no detectable al menos en una analítica no específica. ¿No es así? –concluyó Cristian interrumpiéndola.

–¡Exactamente! Pero tú viste lo mismo que yo en los ojos de aquella gente. Si el asesino lo ha matado poco a poco, debía estar en contacto muy directo con su víctima. Pero nadie en esa casa le mató. Y no nos han dicho que se viera frecuentemente con nadie más.

–No nos lo han dicho, pero eso no significa que no lo hiciera. Recuerda que todo lo que tenemos hasta ahora son conjeturas.

–Lo sé. Pero únicamente él y la gente de la casa tenían acceso a la botella y sus habanos.

–Y el moscatel era suyo, pero… alguien se lo debía traer de las cavas y posiblemente ya viniese envenenado desde allí. Pero ese hecho daría al traste con tu teoría, de que el asesino obtuvo el veneno en la propia casa.

–Entonces sólo tendremos que comprobar los barriles de los cuales sacaron el vino y tomar muestras. Si están envenenados, en caso de que el vaso también lo esté, de eso que tú dices, entonces tendremos una buena pista. En caso contrario, no tendremos nada. A no ser que alguien se haya estado metiendo en la casa todos los días y haya ido envenenando al viejo sin que se entere. Pero eso es casi imposible dado el sofisticado sistema de seguridad que poseen. Está claro que en esta casa se han gastado el dinero.

–Estoy de acuerdo contigo Cristian. Hasta una sombra haría saltar las alarmas de esa mansión.

7

Dos semanas antes de la muerte del empresario, un coche negro se paró tras la casa, a unos cincuenta metros, lejos de las cámaras de seguridad. De su interior bajó un individuo vestido íntegramente de negro. Se acercó sin vacilación a la puerta trasera, sin reparar lo más mínimo en las cámaras de seguridad. Sacó de uno de sus bolsillos una extraña herramienta mientras la cubría con la otra mano, evitando mostrarla a la cámara. Y la introdujo por la ranura de la puerta, abriéndola en unos segundos. Entró sigilosamente y atravesó parte del jardín. Cuando estaba frente a las belladonas y las cicutas, sacó de forma idéntica, tapando con una mano, unas tijeras y cortó limpiamente unas pocas hojas. Las metió en un pequeño aparato cilíndrico y en un par de minutos las hojas se habían convertido en un líquido blanquecino y viscoso. Guardó en un pequeño tarro el asqueroso líquido y se aproximo a la ventana del ala oeste de la casa. Abrió los resortes sin problemas y se metió dentro. Estaba en la sala de la chimenea, repleta de barquitos. Allí permanecían como siempre la botella de moscatel y el habano cubano. El misterioso hombre extrajo de su bolsillo el frasco con la combinación de venenos y vertió unas pocas gotas en el vaso, quedando perfectamente disimuladas con el fondo de éste. La mortal combinación estaba a punto para beber.

De la misma forma que la oscura sombra entró en la casa, salió de ella, sin dejar rastro. Así durante casi dos semanas.

Por algún extraño motivo la ropa que llevaba lo hacía invisible ante las cámaras de seguridad. Se movía ágilmente, como un fantasma y con una precisión exasperante. Su crimen fue casi perfecto.

8

Pasaron dos días, el calor parecía haber remitido un poco en la ciudad de Badalona. Atrás quedaban los días más calurosos en muchos años. Antes de que se diesen cuenta el otoño se les echaría encima, cual manto de hojas cubriendo las húmedas tierras del Prelitoral catalán.

Cristian y Emma esperaban ante el laboratorio de balística de la policía. Aguardaban a Tina, la cual les había llamado comunicándoles que tendría los resultados del análisis ese mismo día. Nadie como ella manejaba tal cantidad de microscopios electrónicos y componentes químicos. Era la mejor en su trabajo.

Transcurrida media hora de espera, Tina asomó por la puerta, sonriente, como siempre. Tenía una sonrisa capaz de ablandar el más duro corazón. Si te miraba y extendía sus labios de oreja a oreja, estabas perdido, ya no podrías negarte a nada de lo que te pidiese. Además, Tina era muy bonita, aunque no demasiado alta. Tenía los ojos redondos, grandes y negros. Su piel era de un moreno acaramelado y su pelo azabache refulgía de brillo bajo los rayos del sol, semblante a un diamante tallado.

Se les acercó animosa, llevando un gran sobre amarillo y acolchado en la mano.

–¡Me debes otra señor detective! Aquí lo tenéis. Vuestro amigo es un chico listo, muy listo. Aunque no tanto como yo. Pero he de reconocer que por poco no encuentro nada en lo que me habíais dado –dijo Tina con aire animoso–. Por cierto, perdona, mi nombre es Stevenson, Tina Stevenson, de Margarita, ¡la isla de los piratas! –concluyó dirigiéndose a Emma.

–Encantada, yo soy Emma, la compañera de Cristian, aparte de su amiga. –dijo Emma guiñando un ojo a Cristian.

–Ya sé que estáis juntos, tu chico me lo contó todo la otra noche por teléfono. A ver si cuidas de él, es un completo desastre –espetó Tina echándose a reír.

–No hace falta que lo jures, no vale para nada, es un completo…

–¡Pero será posible! ¡Que estoy aquí, eh! –interrumpió Cristian. Y todos comenzaron a reír.

–Ya era hora que dejaras entrar a alguien en tu vida. Tras el accidente te encerraste bajo tu caparazón y no salías para nada. Nos hiciste sufrir mucho a los que te queremos– dijo Tina seriamente, algo raro en una persona como ella.

–Lo sé. Pero… conocí a Emma y nos pasó una cosa que… bueno, ya te contaré, es una historia muy larga, ya te la explicaremos en otro momento. Y gracias por el análisis, no sé que haría sin tu desinteresada ayuda.

Así que nuestro presunto asesino es un chico listo ¿no? Dinos, ¿qué has encontrado?

–Pues que quieres que te diga, encontrar, lo que se dice encontrar, poca cosa. Como te he dicho antes nuestro querido amigo es un tipo listo y se fue cargando a su víctima poco a poco, con unas dosis tan bajas de veneno que no dejaron rastro en su cuerpo. Eran tan bajas, que prácticamente podrían haber tenido un efecto terapéutico en la víctima, en lugar de lesivo. Parece ser que estaba diluido para conseguir su reducción. Por eso en la autopsia no encontraron nada. Además, ha utilizado un veneno muy poco común, le gusta la exquisitez, no se conformaba con cianuro o pequeñas dosis de ácido sulfúrico, no. Nuestro amiguito utilizó una doble combinación: belladona y cicuta. Ambas tienen un índice de alcaloides sumamente elevado y la ingestión en dosis tóxicas lleva a una muerte segura. Pero nuestro sujeto usó dosis tan bajas que en lugar de matarlo a la primera de cambio, lo que hizo fue mermar poco a poco el sistema cardiovascular y respiratorio del anciano. Y no hablemos del sistema nervioso, lo que pasa que al ser un hombre mayor su familia ni se lo notaría. Aunque, repito, el sujeto que ha preparado el veneno, tiene que tener amplios conocimientos al respecto, porque la dosis tóxica difiere en un grado bajísimo de la terapéutica.

–Enhorabuena Emma, un gran punto a tu favor. Te mereces tu sueldo con creces. Eres muy inteligente. Mucho –dijo Cristian sinceramente y sorprendido.

–¿De qué va todo esto? –preguntó Tina–. Me he perdido.

–Verás, Emma tiene conocimientos bastante extensos de botánica y en los jardines de la casa hay varias belladonas y cicutas. Emma se percató de ello y me hizo un pronóstico aproximado en cuanto te llamé. Y estaba en lo cierto. Por eso la he felicitado.

–¡Perfecto! Entonces estamos sobre una pista certera. Ya tenéis algo por donde empezar. Al menos sabéis que sí lo mataron.

–Sí, lo sabemos, pero también sabemos que no fue nadie de la casa –dijo Emma.

–¿Y cómo estáis tan seguros? ¿Acaso les habéis leído el pensamiento? –inquirió Tina.

Se hizo un gran silencio. La joven pareja de investigadores se miró mutuamente. Después miraron a Tina. Y la morena chica se quedó intrigada por la expresión de ambos.

–Será mejor que vayamos a alguna parte a tomar una copa. Tenemos algo que debes saber –le comentó Cristian.

–Vaya, que misterio. Entonces esperadme, que debo subir a recoger mis cosas al laboratorio.

Y la morena azabache salió disparada perdiéndose tras la enorme puerta del edificio.

–¡Vaya, vaya, vaya! ¡Quién tenemos aquí! Pero si es Salinas, el detective más intrépido de toda la comarca– espetó burlonamente un austero hombre vestido de negro.

–Anda… ¡me acabaron de joder el día! Mira que es grande la ciudad y me he tenido que cruzar con el inspector de policía más inepto, prepotente y estúpido de todos – respondió Cristian indiferente.

–Eres un capullo Salinas, siempre lo fuiste y siempre lo serás… ¡Me alegro de verte amigo mío! –dijo expresivamente, mientras los dos hombres se abrazaban efusivamente golpeándose la espalda, como si de esa forma quisieran comprobar la consistencia de sus cuerpos–.

¿Dónde te habías metido? Ha pasado casi un año desde la última vez que te vi. Ah, siento lo de tu novia. Intenté contactar contigo, pero no logré localizarte en ninguna parte.

–Yo también me alegro de volver a verte. Han pasado muchas cosas desde la última vez que estuvimos juntos. Y dime, ¿te cansaste ya de lamer culos para ascender de cargo?

–¡Y una mierda, lamer culos! Me lo he tenido que trabajar mucho todo este tiempo. Por cierto, ten cuidado con lo que dices, ya que estás hablando con el nuevo Inspector Jefe de este distrito.

–¡Enhorabuena, señor Inspector Lame Culos! – expresó Cristian irónicamente.

–Sigues siendo tan simpático como siempre. Me alegra que hayas logrado superar tu mala racha. ¿Has vuelto a la investigación? Ya sabes que puedes contar conmigo, dentro de unos límites razonables, por supuesto.

–Sí, acabo de empezar otra vez. Pero esta vez en compañía. Te presento a Emma, mi ayudante.

–Vaya, por una compañera tan bonita como la tuya, creo que dejaría el cuerpo y me haría detective. ¡Sí señor! Encantado señorita, es un placer conocerla,

–Ten cuidado con este tipejo, es el hombre más manipulador de mujeres que he conocido en toda mi vida. "Gonzo" tiene una conocida reputación de seductor irresistible, es el caramelo del personal femenino de la policía –dijo Cristian sonriente.

—Es un placer, señor seductor –dijo Emma con ironía.

—¡Dios los hace y ellos se juntan! Menuda pareja estáis hechos. Apuesto mi placa a que no sólo sois compañeros de trabajo.

—¡Ya estás cotilleando "Gonzo"! –soltó Tina, que acababa de llegar, mientras le golpeaba con la cadera en el trasero.

—Bueno… se hace lo que se puede querida –dijo el grandullón sonriente–. Lo siento, pero os tengo que dejar, me espera mi compañero. Estamos en un caso importante y debemos comprobar algunas cosas. Ya nos veremos, espero.

—Muy bien "Gonzo", tenemos que hablar de muchas cosas. Ya te llamaré –dijo Cristian.

—De acuerdo Salinas. Señorita, has sido un placer conocerla, espero que meta en cintura a este individuo, que falta le hace. Y respecto a ti, Tina, recuerda que me debes una cena –dijo el Inspector–. ¡Adiós a todos! –gritó mientras corría calle abajo.

Minutos después, la pareja de investigadores acompañados de Tina, subieron en un coche y se marcharon calle arriba, camino de un restaurante.

Comieron copiosamente y tras el postre, la pareja comenzó su extensa e inexplicable historia. Tina no salía de su asombro, no podía creer lo que le estaban diciendo. Su mente estaba tan acostumbrada a las demostraciones científicas que aquello se le escapaba de las manos, fuera de los límites de la razón. En un principio pensó que se estaban burlando de ella, pero más tarde, tras observar los rostros de sus interlocutores, se dio cuenta de la seriedad del relato y quedó atónita. Aquello no podía ser, era imposible. Su desarrollada mente le pedía a gritos algún tipo de prueba científica. Y finalmente se decidió a pedirles una cosa.

Su idea pretendía llevarles a comisaría, y hacerlos asistir a una rueda de reconocimiento policial, perteneciente a un atestado por asesinato. Si eran capaces de hacer lo que decían hacer, lo sabrían, descubrirían al asesino a la primera.

La idea asustó terriblemente a ambos. Apenas empezaban a controlar aquel "don" y pretendían hacerlos entrar en un lugar lleno de ladrones y psicópatas asesinos. Se negaron al unísono, pero Tina insistió, una y otra vez. Les preguntaba si se daban cuenta de lo que significaría poder demostrar su poder, ya no serían necesarios los juicios. Únicamente pasando ante la analizadora mirada de la pareja de detectives, podrían ser constatados los delitos de todo tipo de delincuentes. Aunque esa era una idea demasiado quimérica. Nadie dejaría el destino de miles de personas en manos de dos individuos que dicen ver el interior del alma humana. La mente de Tina comenzó a funcionar de forma frenética, a un ritmo vertiginoso. Un torrente de ideas se agolpaba intentándose abrir hueco en un cerebro ya de por sí sobrecargado. Deseaba poder ver con sus propios ojos aquel extraordinario poder. Quería poner a prueba tal capacidad. Necesitaba investigar a fondo acerca del tema, indagar en un campo que hasta el momento siempre le había parecido muy volátil y extremadamente superfluo. Era sabedora del poder de la mente y aceptaba las técnicas de curación mediante hipnosis y a través del control mental. Pero de ahí, a poder leer el interior de las personas, había un abismo que se le hacía inconmensurable y rematadamente difícil de superar.

Le costó mucho convencerlos, en parte porque era tanta la excitación que sentía por aquel suceso, que a duras penas lograba decir cuatro frases seguidas con una coherencia razonable. Finalmente accedieron, más por conseguir hacer callar a tan alborotada mujer, que por auto convicción. Pero ya no tenían vuelta atrás, habían dado su palabra.

Tina rezumaba alegría por cada poro de su piel, sentía un nerviosismo que había conducido su mente a un estado caótico y descontrolado, impropio de ella.

Se despidieron y se marcharon a casa. Tina les avisaría de la fecha y hora de la rueda de reconocimiento. Acudirían a la central de Barcelona. Un caso difícil, aunque con un testigo directo. Tan solo tendrían que corroborar el testimonio. Pero les asustaba muchísimo lo que podrían ver en los ojos de aquel individuo, no sabían lo que había hecho ni cómo lo había hecho. Temían que una descontrolada sucesión de imágenes crueles y punzantes se les clavaran en el cerebro, como la primera vez que experimentaron tal sensación.

Aquella tarde se les hizo larga.

Muy larga.

Y silenciosa.

Tina no salía de su asombro, las explicaciones de su estimado amigo y su compañera la habían dejado estupefacta. En cinco minutos, aportaron más pruebas y detalles al caso, que en tres meses de investigación. Los argumentos de la pareja de detectives fueron una pieza clave en la final resolución del caso. ¡Lo sabían todo! Fue algo maravilloso, sobrehumano. No fue tan mal como esperaban. Ni punzadas, ni extrañas y desagradables sensaciones. Simplemente una intranquilidad latente, un nerviosismo. Fue una visión perfectamente clara. Aquel individuo había asesinado a su mujer, pero lo había hecho con una convicción absoluta, con una calma y una impasibilidad absoluta. Creía firmemente que debía morir, tras haberle traicionado después de tantos años de, aparentemente, feliz matrimonio. Pocos fueron los cabos que dejó sueltos, lo tuvo casi todo perfectamente controlado. Pero como siempre, algo falló, lo suficiente como para que sospechasen de él; y junto con las pruebas que ayudaron a conseguir Cristian y Emma, acusarle firmemente.

Pero no querían trabajar para la policía. Deseaban una vida algo más privada. Y la agencia de investigación se lo permitía a ambos, ya que nadie les presionaba. De cualquier otro modo, si trabajaban con la policía, sus vidas se convertirían en una especie de circo ambulante, donde la prensa no les dejaría tranquilos ni a sol ni a sombra, ya que tarde o temprano descubrirían lo que eran capaces de hacer. Y no, no estaban dispuestos a tolerarlo. Por su parte, Tina no hacía más que insistirles. Una y otra vez les repetía que el pueblo les necesitaba, que no debían desaprovechar semejante poder.

–Mira amiga mía… comprendemos tu punto de vista y tu insistencia. Pero tú debes comprender la nuestra; intenta ponerte en nuestro lugar –dijo Cristian pacientemente.

–¡Pero es que no soy capaz de concebirlo! A lo largo de todos estos años me he dejado la piel y miles de horas de sueño en mis laboratorios, investigando aquí y allá. Y todo para salvar vidas, para ayudar a la gente que ha perdido toda esperanza de descubrir la auténtica verdad. Si yo tuviese vuestro poder, tan solo un poco de vuestro poder… –dijo entristecida.

Lo sé Tina, sé que te has pasado toda una vida ayudando a los demás. Pero nosotros no nos hemos negado a ayudar, sino a hacerlo como nosotros elijamos. Y el camino que hemos elegido es la investigación privada. Ante todo, deseamos ayudar a la gente, pero queremos continuar viviendo en paz, sin presiones. Porque además, no sabemos cuanto tiempo va a durar esto, desconocemos si algún factor externo o interno puede influir en la precisión de nuestros análisis. ¿Y si perdemos nuestra faceta con la presión? ¿De qué nos habrá servido tanta publicidad, tanto sacrificio de nuestra propia vida? ¿Te imaginas cuantos asesinos nos perseguirían si descubren que poseemos tal poder? –inquirió finalmente Cristian.

Y fue esta última pregunta la que dejó a la inteligente investigadora sin palabras. Tenían toda la razón y eso la molestaba profundamente, pero no tenía más remedio que respetarlo. Pues el amor que sentía por la ciencia y por el cuerpo de policía era muy fuerte. Pero el amor que sintió y aún sentía por Cristian, lo superaba con creces. Sabía que jamás lograría estar entre sus brazos, ni siquiera se había planteado la más mínima posibilidad. Se conformaba con verle de vez en cuando y refugiarse en un mundo de ensueño y fantasía. Con eso le bastaba, le resultaba ilógico pero suficiente. Lo que no lograba concebir era la idea de no tenerle a su lado nunca más en la vida. Pensaba que si él moría, sus sueños morirían a su vez. Si él perecía, jamás volvería a sentir su voz ni el dulce olor de su aliento y en consecuencia nunca más podría albergar la esperanza, de que quizás algún día dormiría en su mismo lecho, sobre su pecho.

–Está bien. Tenéis razón y os pido disculpas por mi terquedad. Lo siento. –dijo la margariteña apesadumbrada.

–Tranquilízate Tina, no tiene importancia –le consoló Cristian, abrazándola suavemente.

–Estabas en tu derecho de defender tus ideales. Y que luches por ello no te lo podemos recriminar –dijo Emma mientras le tomaba la mano.

–Sois estupendos. Me alegra saber que tengo, espero… buenos amigos –dijo Tina, cabizbaja.

–Por supuesto que sí, sabes que puedes contar con nosotros –añadió Emma.

–Venga, Emma y yo te acompañaremos a casa. Tenemos que ir al domicilio de la rubia a buscar algún tipo de indicio, porque de momento no tenemos más que conjeturas.

–Está bien. Vayámonos, me vendrá bien un descanso. Han sido demasiadas emociones fuertes seguidas.

9

Pasaron dos días.

Pasó una semana.

Pasaron dos meses.

Nada. Ningún tipo de huella, ningún cabello suelto, ni un pedazo de uña. No habían encontrado nada.

Rastrearon la enorme mansión una vez tras otra, recorriéndola palmo a palmo. Indagando en cada recoveco. Pero fue inútil, a pesar de la experiencia de Cristian y la gran sensibilidad que ambos habían adquirido, tras aprender a dominar su facultad, no lograron encontrar el más mínimo rastro del asesino. Ya no quedaba nadie en quinientos metros a la redonda de la casa a quien no se hubiese aporreado a preguntas. Y las miradas del servicio seguían siendo francas, e inocentes.

Cristian estaba desesperado, se encontraba frente al mayor fracaso detectivesco de toda su carrera profesional y le remataba la idea de seguir cobrando a una hermosa mujer, confiada en que la verdad sobre la muerte de su padre saldría a la luz de un momento a otro.

Toda búsqueda empezaba a perder sentido, transcurrido tanto tiempo. Si quedaba alguna pista, se habría borrado en cualquier momento de tanto pasar y repasar el lugar. De nada servía seguir indagando y esa era una idea que desmoralizaba a Cristian por completo.

«No podía ser...», pensaba repetitivamente. «No existía el crimen perfecto...» Pero lo que siempre le había parecido una absurda idea, le iba corroyendo por dentro como el óxido al metal. Y cada vez, más frecuentemente, se le pasaba esa idea por la mente, pensando que quizás se encontrase ante la excepción que confirmara la regla.

Ni mucho menos se creía el mejor detective privado del mundo, pero en su trayectoria profesional, corta pero intensa, se había jactado de resolver al detalle todos y cada uno de los casos que le habían planteado. Con una brillantez exquisita. Innumerables eran las ocasiones en las que su gran amigo González, le había propuesto unirse al cuerpo de policía y trabajar junto con él y Cifuentes. Pero también eran innumerables las ocasiones en las que Cristian le había contestado que no, alegando su profundo amor por el oficio que siempre había soñado desempeñar, disfrutando de una libertad y una autosuficiencia absoluta. Pero muchos eran los casos que habían compartido, muchas eran las horas de cerveza, y muchos eran los inolvidables momentos que habían pasado juntos los dos amigos, tanto dentro como fuera del trabajo. Por eso mantenían una amistad firme y sincera.

Pero ahora Cristian estaba decepcionado consigo mismo y se sentía absurdo y vulnerable. Creía haber perdido toda capacidad de deducción y rastreo y sin ello su don no le servía para nada.

10

–Este es el quinto… –señaló Cifuentes calmosamente–. La prensa nos va a comer vivos.

–Es increíble. No puede ser. Por más que lo doy vueltas, no consigo establecer un nexo de unión entre los asesinatos. ¡Maldita sea! –espetó González enfurecido–. Y para colmo esta mañana me han llamado de la central… ¡Joder, o encontramos algo o nos retiran del caso! Y eso sí que no estoy dispuesto a permitirlo… no no no no no… –terminó, moviendo la cabeza negativamente.

–Lo que sí que está claro es que subestimamos al asesino o los asesinos. Porque realmente no sabemos si es uno, dos o todo un ejército. No es posible, es que no he conseguido encontrar el más mínimo rastro a seguir. Estoy empezando a pensar que se trata de coincidencias, que tratamos con más de un asesino, en lugar de con uno en serie. Porque no existe un *modus operandi* conjunto. Y todos pertenecían a clases sociales y a oficios diferentes –argumentó Cifuentes.

–Cierto. Pero es demasiada coincidencia que se produzcan cinco asesinatos, y los cinco aparentemente perfectos en tres meses. Demasiada… –dijo González dubitativamente–. Me niego, ¡me niego en redondo! Debe de haber algo que hemos pasado por alto, y seguro que está ahí, esperándonos en alguna parte.

11

Llovía.

Llovía mucho.

Cristian regresaba de camino a casa. Acababa de despedirse de Alicia, la rubia. Tenía el estómago deshecho. No creía no haber sido capaz de haber encontrado el más mínimo resquicio en ese maldito caso. Se había visto obligado a abandonarlo. Intentó devolver una parte del dinero cobrado, pero la encantadora mujer se lo negó. Estaba destrozada, toda la vida la pasaría pensado que su padre fue asesinado y que nunca hizo nada para averiguar quien lo mató. Pero a pesar de eso supo valorar el esfuerzo de la joven pareja de detectives, por eso no aceptó la devolución pactada.

Cuando salió del autobús, aún llovía más intensamente. El cielo parecía querer caer sobre la tierra, con sus espesas nubes provocadoras, irreverentes. Todo estaba muy oscuro, anochecía más temprano. Como si de una fiesta de fuegos artificiales se tratase, el negro horizonte sobre el mar se iluminaba de vez en cuando, con espeluznantes relámpagos. Cristian bajaba por "La calle del Mar" Se dirigía a su casa. Estaba completamente empapado. Pero al ver aquel sombrío espectáculo sobre el oscuro mar, al fondo de la calle, decidió llegar hasta la playa, en lugar de girar hacia su casa, próxima a esta. Fue en el momento en que se disponía a cruzar el paso subterráneo de las vías del tren cuando sintió una voz amiga:

–¿Cristian? Pero hombre, ¿dónde vas tan empapado? ¿Tu casa no quedaba al otro lado?

Se dio media vuelta, y enfundado en una gabardina negra y sosteniendo un enorme paraguas, que más bien parecía una sombrilla de playa, vio a González, que venía hacia él con el rostro sonriente.

–Hola "Gonzo", amigo mío… ¿Qué haces por aquí? –preguntó Cristian entristecidamente.

–Bueno, había venido a hacer unas gestiones aquí al lado y ya de paso he aprovechado para cenar una hamburguesa en el restaurante americano este, si se le puede llamar así. ¿Y tú qué? Aún no has contestado a mis preguntas.

–Vengo de casa de una clienta. Y he pensado dar un paseo por la playa antes de llegar a casa.

–Así que un paseo por la playa… Con el frío que hace y con esta lluvia. A mi no me engañas Cristian, algo no te va bien y me lo vas a contar ahora mismo. ¡Vamos! –dijo el policía, cerrando su paraguas y agarrando a su amigo por el brazo.

Llovía a plomo, el mar estaba revuelto. El agua que caía del cielo y el rumor de las olas del mar ambientaban el solitario paraje, con su sonido constante, incansable. De vez en cuando se percibía, a lo lejos, la grotesca voz de la tormenta, cual berrido de animal enfurecido, pero remoto. La arena estaba mojada. Se respiraba un aire húmedo, salado.

Ambos hombres caminaban silenciosos, percibiendo cada detalle de aquel espectáculo natural, bañándose de aquel mar que parecía querer abandonar su emplazamiento y descubrir mundo. Se dirigían hace la pasarela petrolífera, también oscura, solitaria. Allí permanecía, firme, erguida, osada; ganando terreno al mar, con sus aparentes frágiles pilares que la sostenían, soportando las embestidas de un oleaje que parecía querer expulsarla de sus dominios. Pero aguantaba, quieta. Inmóvil.

Saltaron la pequeña verja que cerraba el acceso a la pasarela, y siguieron caminando, callados. Cuando llegaron al final, se sentaron en el borde, con los pies colgando. El espectáculo era dantesco, las olas volaban, pretendiendo abrazar a aquellos hombres y llevarlos consigo para convertirlos en sus amantes. Pero no. A pesar de los esfuerzos realizados, en aquella ocasión el ser humano se encontraba por encima de la naturaleza, desafiando todas las leyes, pero lográndolo. Y allí estaban. Quietos. Mojados.

–No va bien el caso, verdad Cristian –dijo González, cuyas palabras parecían más una afirmación que una pregunta.

–Ya no hay caso. Por primera vez en mi vida me he quedado a medio camino en mi trabajo. Vamos, si se le puede llamar "medio camino", porque a decir verdad, creo que no hemos dado ni un paso –contestó, sin desviar la mirada del horizonte.

–Pues me temo, amigo mío, que estamos en la misma situación…

–¿Quieres decir que no te van bien las cosas en el cuerpo? –preguntó Cristian.

–Peor no me pueden ir. Están a punto de retirarnos de un caso desde la central. Llevamos cinco fiambres en tres meses, y ni una sola pista. Estamos dando palos de ciego y sinceramente, ya me está tocando "las pelotas".

–Vaya, si que estamos jodidos.

–Y que lo digas. Pero tú aún eres joven y puedes salir adelante con mayor facilidad. Pero yo… como siga así me veo encerrado en un despacho por el resto de mi carrera. Y mi vida está en la calle. Yo no valgo para perro guardián. Toda mi vida he sido un sabueso, mejor o peor, pero un sabueso.

–El mejor… No olvides que mis mayores éxitos en el trabajo los he conseguido gracias a tus enseñanzas, a esos trucos que nadie te enseña cuando estudias. A esos detalles ocultos, a…

–¡Vale, vale! Que me haces sentir como un viejo maestro de aprendiz de brujo. –le cortó González sonrientemente.

–Sabes que es cierto "Gonzo", todo lo que soy es gracias a ti. Has sido durante estos años el mejor amigo, el mejor hermano, el mejor padre y el mejor maestro. Gracias de verdad.

–Joder chico, me vas a hacer llorar… Pero mírame ahora, estoy solo. Muy solo. No comparto con nadie mi vida, el único momento que estoy con una mujer, es cuando me tiro a alguna de esas furcias sacadineros que sólo buscan la pasta. Soy un completo inepto, mi casa es una pocilga y para colmo, ahora ni mi trabajo sé hacer bien. Estoy hundido Cristian, de veras. Estoy hundido. Y encima tú me dices que he sido un montón de cosas que no son verdad. ¿Dónde estaba yo cuando murió tu novia? ¿Dónde estaba yo cuando anduviste perdido durante tanto tiempo? ¿Acaso te busqué? ¡No! Tan solo me conformé con palabras que me llegaron de terceras personas, haciendo referencia a que seguías vivo. Ni siquiera merezco tu amistad y mucho menos tus alabanzas.

Se hizo el silencio. Algunas lágrimas bajaban por las mejillas del desesperado policía. Sinceras lágrimas.

–Sabes Cristian, siempre creí ser el "poli" más duro de la ciudad, el mejor. Pero ya me ves, aquí, desesperado, solo, enterrado vivo. Y llorando como una nenaza. Y mírame, venimos a que tú me cuentes tus problemas y al final, como siempre no te escucho, siendo yo el que te amarga con mis palabras. Me pregunto quién soy realmente. Me pregunto qué soy realmente. Creo que no sé que diablos hago yo en esta vida… Lo que debería hacer es lanzarme ahora mismo de esta pasarela y hacerle un favor a la sociedad y a todos vosotros –concluyó, mientras miraba penetrantemente las negras aguas.

–¡Y una mierda! –espetó agresivamente Cristian, mientras sujetaba a su amigo por un brazo–. ¿Me has oído? ¡Y una mierda!

Entonces Cristian añadió:

–¡Maldito hijo de la gran puta! ¡¿Vas a parar de lamentarte de una vez y no dejarme solo de nuevo?! –gritó el histéricamente, con los ojos ensombrecidos, mostrando una voz que denotaba un extenuante cansancio. Y rabia. Y desesperación–. Hijo de perra… ya me dejaste solo una vez cuando más te necesitaba y ahora no me harás lo mismo. Si tan arrepentido estás de tu comportamiento, es la oportunidad de redimirte, ¿no crees?

González se quedó estupefacto, avergonzado. Aquel chico, bastante más joven que él, le acababa de dar una lección sobre la vida que no olvidaría jamás. Se dio media vuelta y vio a Cristian allí, mirándole fijamente, agotado. Un escalofrío le partió en dos. Ese inteligente muchacho, como un hijo para él, acababa de devolverle a un mundo que se jactaba de ser harto complicado. Sí, era como un hijo, el que nunca tuvo. Como un hermano, el que nunca tuvo. El mejor amigo. El hecho de que se hubiese equivocado infinidad de veces con él, no significaba que esa estrecha relación no siguiera presente. Todos los padres se equivocan, todos los hermanos se equivocan, todos los amigos se equivocan.

Se levantó costosamente, limpiándose con la mano inútilmente las lágrimas que tenía sobre sus mejillas, que se entremezclaban con la fría lluvia tormentosa. Y se acercó a Cristian, que acababa de ponerse de pie.

Se abrazaron.

–Lo siento… lo siento de veras. Perdóname –dijo González–. En estos últimos meses han pasado demasiadas cosas. Tanto a ti como a mí. Todos nos equivocamos, por algo somos seres humanos racionales. Vamos, volvamos a casa, se hace tarde.

Y los dos amigos se perdieron tras la cortina de la noche.

Cuando cruzaron la puerta, Emma se quedó estupefacta.

–¿Pero se puede saber de dónde venís? ¡Dios, vaya pintas! ¡Estáis empapados! –dijo Emma–. ¡Qué os ha pasado! ¿Estáis bien?

–Tranquilízate Emma, estamos bien –contestó Cristian.

Entonces Emma pudo ver mejor los ojos del muchacho, y observó todo lo que había sucedido.

–Verás Emma, resulta que tu jefe esta tarde… –empezó a relatar el policía.

–No te molestes "Gonzo", lo sé todo –interrumpió ella.

–¿Qué lo sabes todo? ¿A qué te refieres? –inquirió el inspector sorprendido.

–Será mejor que os pongáis ropa seca. Estáis hechos un asco.

–Pero, ¿a qué te refieres con eso de que lo sabes todo? –insistió el policía.

–Tranquilo inspector, en cuanto tenga puesta la ropa seca se lo contaremos todo. Vamos.

El inspector González no podía creer lo que estaba oyendo. Le parecía imposible que fuesen capaces de hacer lo que ellos hacían. «Leer las miradas…», pensaba, «sorprendente, increíblemente sorprendente…»

–¿Así que tenéis este don y no me lo contáis hasta hoy? –preguntó González indignado.

–Verás, cuando nos encontramos en la calle, hace unos meses, no tuvimos ocasión de contártelo. Y si te soy sincero, nos da miedo hasta a nosotros mismos, saber el poder que tenemos –respondió Cristian.

–Joder pareja, ¡me siento como si estuviese desnudo ante vosotros! –espetó a carcajadas el inspector.

Y todos se echaron a reír.

–No te preocupes. No eres el primer hombre que "he visto" desnudo últimamente –dijo Emma animosamente.

–¿Ah no? –preguntó celosamente Cristian.

Y de nuevo risas.

–En serio, tenéis un poder magnífico, pero que debéis guardar con sumo cuidado. Puede ser peligroso para vuestras vidas. A nadie le gusta que alguien pueda saberlo todo de su vida. Así que por mí no os preocupéis, nadie lo sabrá por mi boca.

–Veo que lo comprendes amigo mío, es importante que nadie más lo sepa. Te ruego que no se lo digas ni tan siquiera a Cifuentes. Aunque sé que tienes plena confianza en él. Pero es que acortando el número de personas que tengan conocimiento de ello, estamos mucho más tranquilos. Espero que lo entiendas.

–Está bien. Si así lo deseáis, ni siquiera él tendrá conocimiento de ello –afirmó el inspector jefe–. Por cierto

Cristian, ¿qué os ha sucedido en el caso que investigabais, de que trataba?

–Pues lo que pasa es que el caso se ha cerrado. Hoy venía de casa de la clienta, tras clausurar el contrato pactado.

Investigábamos la muerte de un millonario del mundo del cava. Murió envenenado, de eso si que teníamos pruebas. Y ya está. Pero lo peor es la forma en que murió, le tuvieron que matar poco a poco, día a día. Pero nos confirmaron que sólo tenían acceso a la mansión el servicio que nos presentaron y nadie más. No fue alguien de la casa, de eso estamos seguros. Aunque es imposible que alguien burlara todos los días los numerosos sistemas de seguridad de los que disponían. No hemos encontrado nada. Es desesperante.

–¿Cómo murió ese hombre? ¿Por qué no tenemos conocimiento de su muerte en la policía? –interrogó el inspector.

–No sabéis nada porque vosotros mismos no le disteis importancia al tema. Se trató como muerte natural, de parada cardio-respiratoria. Que fue producida por el veneno con el que le mataron. Aunque como fue mediante dosis tan minúsculas, los análisis dieron negativo – intervino Emma.

–Vaya, vaya… Pues muchachos, me temo que mi número de fracasos no reside en cinco, sino en seis. Y a saber si no son más que desconozcamos.

–¿A qué te refieres "Gonzo"? –preguntó Cristian con curiosidad.

–A que llevamos meses investigando unos casos que nos están sacando de quicio. No hay pruebas, no hay nexos bien marcados, todas las victimas no tienen nada que ver las unas con las otras, pero… ¡coño! ¡Cómo no se me había ocurrido antes!

–¿Qué ocurre? ¿Has sacado algo en claro? –preguntó Cristian apresuradamente.

– ¡Pues creo que sí! Me has dicho que tu víctima vivía en una mansión con sofisticados sistemas de seguridad. ¿No es cierto?

–Sí, ¿pero eso que tiene de especial? –preguntó la pareja al unísono.

–Lo tiene todo. Resulta que nuestras últimas víctimas, a pesar de ser de diversos sectores de la población y pertenecientes a distintos modos de vida, todos estaban bajo sistemas de alta seguridad en el momento de su muerte. Tenemos un alto cargo de una conocida aseguradora, cuyo edificio era altamente seguro. Por otro lado el vigilante de una cámara acorazada de un museo. Vuestro cadáver, propietario de una blindada mansión. Y un largo etcétera. ¿No os parece un dato curioso?

–Así que piensas que a nuestro supuesto sospechoso, le gustan los retos difíciles, ¿no es así? –interrogó Cristian.

–Interesante punto de vista, sí señor –añadió Emma.

–Bueno, creo que por lo menos ahora podemos saber por dónde se mueve nuestro, o nuestros amigos. Y podríamos preparar una pequeña trampa –dijo González, cuyo rostro se llenó de satisfacción.

–¿Lo ves? Sigues siendo el mejor "Gonzo". Siempre lo has sido, y siempre lo serás. Aún me queda mucho que aprender de ti, por mucho don de leer los ojos que tenga.

–Gracias, pero no me hubiese dado cuenta de no ser por ti. Ya sabes lo celosos que somos en el cuerpo de nuestro trabajo, pero creo que en esta ocasión deberíamos actuar conjuntamente. ¿Estás de acuerdo? Si hay alguna medalla debe de ser para ti.

–Estoy de acuerdo. ¿Compañeros? –preguntó el chico ofreciéndole la mano.

–¡Los mejores! –contestó González, desestimando la mano de su amigo y abrazando a la joven pareja de investigadores con sus enormes brazos.

12

Eran las tres de la madrugada. Sobre la cama estaba estirado un mono negro, un pasamontañas y unos guantes de cuero. Todo estaba tranquilo. Tan solo se percibía un ligero sonido metálico de vez en cuando. Y el reloj. Aquel enorme reloj de pared. Aquel "tic tac" agobiante, continuo, eterno. En la habitación no había apenas muebles. Las paredes estaban curiosamente cubiertas de hueveras, junto con el techo. Y no se pisaba el auténtico suelo, sino una tarima de madera, colocada sobre una estructura metálica, por encima de un suelo, también recubierto de hueveras. Estas hacían de aislante de ruidos, insonorizando la estancia completamente. Únicamente había una puerta, muy grande. La sala contigua era más pequeña, también aislada completamente. En el techo había una pequeña trampilla. Y una escalinata metálica unía la superficie con el extraño sótano. En la segunda sala había una mesa bastante grande, de dura madera, robusta. A ambos lados se observaban un par de armarios, repletos de cajones etiquetados y al fondo lo que parecía ser una camilla. Encima de estos armarios se encontraban un elevado número de libros de medicina y revistas científicas. También había una especie de retrete, muy pequeño.

Se respiraba un fuerte olor a humedad. Pero también se percibía un hedor a soldadura y a cloruro férrico, una sustancia empleada para la corrosión de los circuitos electrónicos.

Frente a la mesa había una silla, con ruedas, negra. Y en ella había alguien sentado. Trabajaba afanosamente en la construcción de un circuito impreso. Cortaba aquí y allá numerosos cables de colores con unos pequeños alicates. Con sumo cuidado cogía cada minúscula pieza: resistencias, chips, condensadores...; y con unas pinzas alargadas, completamente aislantes, las iba soldando a la placa del circuito. Toda la mesa estaba llena de utensilios, documentos y algún que otro plano. No cabía duda de que aquella persona sabía lo que estaba haciendo. Trabajaba deprisa, pero con una calma y precisión asombrosa, paso a paso, punto por punto. Sobre la mesa también había una gran caja de madera. Y en uno de sus laterales se podía leer las siglas: C4.

Pasadas un par de horas, se levantó. Abrió la puerta de la trampilla y se fue. No volvió hasta la noche siguiente. Pero no lo hizo sola. Iba acompañada.

Estaban bastante bebidos. Se dirigieron a la habitación de la cama, riendo, tambaleándose de un lado a otro. Aquella sala y de aquella cama, parecían ejercer de alcoba secreta, además de lugar de trabajo.

Al cabo de unas horas se marcharon, subieron en un coche negro, una pagó a la otra una suma de dinero y la dejó en una parada de autobús en las afueras de la ciudad.

El sótano estuvo vacío el resto de la semana.

Llegado el lunes, la trampilla se volvió a abrir. Esta vez esta persona volvía a ir sola, llevaba una bolsa de plástico blanca. Se sentó ante la mesa de trabajo. Sacó un par de pilas de la bolsa y un rollo de cinta aislante. Las colocó sobre una especie de receptáculo en la placa

109

electrónica y soldó un par de cables a cada extremo de las pilas. Después se levantó y se aproximó con sumo cuidado a la caja de madera, la del C4. Su interior contenía un potente explosivo plástico. Sacó un par de trozos y los unió a todo el complejo sistema electrónico que había creado, clavando un par de pivotes en el explosivo, con un cuidado milimétrico. Muy, muy despacio. Metió todo en una funda negra, de lona impermeable, con una cremallera. La cerró. Finalmente sacó diversos utensilios de los cajones de ambos armarios y los fue metiendo ordenadamente en una especie de mochila, junto con el explosivo. Se enfundó en su mono, se puso los guantes y se enganchó la mochila al pecho, con unas correas que iban sujetas al mono, ceñidamente. Subió por la escalinata y se marchó.

13

La cámara de seguridad era infranqueable. Disponía de un dispositivo de apertura muy sofisticado. Todo el sistema de seguridad en sí era muy sofisticado. Nada más cruzar el umbral de la puerta, dos guardias de seguridad escoltaban la entrada principal, armados. Cuatro cámaras controlaban el resto de la sala, no dejando ni un solo punto muerto. Además, por la noche se activaban sensores de sonido y movimiento, así como diversos haces de infrarrojos. Pero esto tan solo era el principio. Porque en la cámara acorazada, se encontraba instalado el dispositivo de seguridad más innovador del mercado. En la entrada de ésta, otra pareja de guardias vigilaba día y noche, tras una verja principal, de gruesos barrotes y con apertura electrónica, nada de llaves. Después, la compuerta de la cámara era enorme, muy pesada, de modo que no se pudiese abrir forzosamente, en caso de conseguir desactivar el sistema de apertura. Sólo era posible acceder tras ser abierta electrónicamente, activando su sistema hidráulico. Harían falta más de diez hombres para empujar tanto peso. Por otro lado, toda la parte de la cámara que daba al exterior, incluso la misma puerta, disponía de unos sensores táctiles, que con tan solo rozar cualquier parte de ésta, disparaba las alarmas. Es decir, todo el exterior de la cámara era un gigantesco sensor. Pero no acababa aquí la cosa, porque el modo de apertura era el punto fuerte de la rebuscada seguridad de la cámara acorazada. Estaba formado por dos diminutas cerraduras, ubicadas en cada uno de los extremos de la pared exterior. Después de desactivar los sensores táctiles por orden del director de la sucursal, se podía proceder a la utilización de las llaves. Una permanecía en posesión del banco y únicamente servía para la cerradura de la izquierda. Y la otra en posesión del cliente, existiendo una notable diversidad de llaves. Ninguna era igual a su predecesora, pero todas eran capaces de activar la cerradura. Esta era la particularidad más especial del fortín bancario, una cerradura maleable. Además esta llave servía para abrir cada caja particular, perteneciente al cliente.

Allí se guardaban las propiedades más preciadas de la clase alta de la ciudad e incluso de fuera de ella; con un valor incalculable. Pero las llaves no se empleaban de una forma natural. Al introducir cada una en su correspondiente cerradura, un sistema de megafonía anunciaba que se iba a proceder a una pequeña cuenta atrás y pasado este periodo se debería efectuar el giro de ambas llaves, sincrónicamente; siendo este el único modo de activar el sistema hidráulico de apertura. Aunque, como colofón final, la persona que quisiera penetrar en la resguardada cámara, debía someterse al exhaustivo escaneo del cuerpo, efectuado de forma automática por un dispositivo electrónico que medía los principales rasgos biométricos. Y a la constante vigilancia de dos cámaras de seguridad situadas en el interior

Un sistema de vigilancia demasiado complejo como para intentar burlarlo. Algo demasiado difícil como para atreverse a tentar a la fortuna. Un robo extremadamente peligroso. Pero no imposible.

112

La sucursal bancaria acababa de cerrar. Solamente quedaban en el interior los guardias del turno de noche y el director, ultimando algunos detalles del cierre diario. Una vez clausurada la entrada principal, los dos guardias terminaban su jornada diaria y sólo quedaba bajo vigilancia la cámara acorazada.

Allí estaba. Aquella sombra volvió a hacer acto de presencia. Inexplicablemente había conseguido burlar el control de la puerta principal, instantes antes del cierre. Ninguna de las cuatro cámaras emplazadas en todos los rincones de la oficina, controladas desde la central de la empresa de seguridad, había detectado movimiento anómalo alguno, todo seguía normal. Pero allí se encontraba, con su figura fantasmagórica, sombría, oscura, inadvertida. De alguna extraña manera, invisible a esos sofisticados observadores electrónicos. Se encontraba sentada, con las piernas cruzadas tras una mesa, tranquila, calculadora. Aquella persona, aquel extraño ser mantenía un aplomo exasperarte. Tenía todo calculado milimétricamente. Miraba un reloj analógico. La aguja llegó a las ocho en punto. Se puso en pie. Caminaba de la misma forma que lo haría por su casa. Se dirigió tranquilamente hacia el despacho del director. Se detuvo tras la puerta, en cuclillas, expectante. Sacó de uno de los bolsillos de su singular mochila un pequeño bote de espray, completamente negro. Aguardaba, como el ave de rapiña aguarda a su presa, sabiendo que tarde o temprano aparecerá. Oyó cerrarse un cajón. Las ruedas de una silla. Pasos. Cada vez más cerca. El pomo comenzaba a girar, giraba rápidamente, pero aquellos segundos parecían hacerse eternos. Se abrió la puerta y el director hizo acto de presencia. Aquel ser permanecía agachado, ante él. El director iba mirando al frente, salía apresuradamente, hasta que tropezó con aquella oscura mancha negra que estaba a sus pies. No tuvo apenas tiempo de mirarle, cuando aquella extraña forma se abalanzó sobre su persona, cogiéndole por la mandíbula y forzándole a abrir la boca. Pulverizó parte del contenido de aquel espray en su interior. Cayó redondo al suelo. Pero seguía vivo. "la sombra" penetró en el despacho, se acercó al panel de control y desactivó los sensores táctiles de la cámara acorazada. La facilidad con la que burlaba los códigos de acceso era apabullante.

Salió, y cogiendo al director con una sola mano y de un formidable impulso se lo echó al hombro, como si de un vulgar saco de patatas se tratase. Y se puso de nuevo en marcha, con su ya acostumbrada parsimonia. Iba camino a la sala contigua, donde se encontraba la cámara acorazada. Tras la entrada, existían un par de metros de distancia entre ésta y la verja de acero, cuya distancia estaba repleta por los haces de infrarrojos, que se activaban desde el puesto de guardia interior, imposible de alcanzar si no se cruzaba la verja. El mismo sistema era empleado para la apertura electrónica de la verja.

Pero la astuta sombra no se andaba con tonterías, ella estaba por encima de todo esto, conocía todos los detalles, todos los puntos y comas. Dejó al director en el suelo, contra la pared de la puerta, recostado; inmerso en sus insurrectos sueños. La puerta estaba cerrada. Entonces aquel individuo sacó de su costal su artilugio de microcirugía y lo introdujo bajo la puerta, muy lentamente. Vigilaba a ambos guardias, estudiaba sus movimientos, controlaba sus miradas. Se detuvo. Volvió a indagar entre sus cosas y sacó otro pequeño utensilio. A grandes trazos, estaba compuesto por un alargado punzón metálico, unido paralelamente a un finísimo tubo transparente, de plástico; y todo ello sujeto a una empuñadura plateada, de forma cilíndrica. Sacó también una minúscula batería, que conectó mediante un cable a todo ese extraño aparato. Parecía mentira las cosas que salían de aquel macuto, perfectamente ordenado.

Tras unir las piezas, calmosamente, volvió a echar un vistazo al interior de la sala. Los guardias seguían igual, nada había cambiado, todo estaba en orden. Entonces, sin perder de vista con un ojo la monitorización de la estancia interior y con el otro el artilugio que acababa de sacar, situó a éste en contacto con la puerta. Y activó el interruptor de la batería. Inmediatamente el punzón metálico comenzó a calentarse, y la robusta puerta metálica a fundirse, rindiéndose a semejante temperatura. Fue entonces cuando se vio la funcionalidad del tubo auxiliar del extraño invento. Cada equis tiempo, se activaba, refrigerando todo el conjunto y absorbiendo la mínima formación de humos. No cabía duda, fuese lo que fuese lo que pretendiese aquel ser, su forma de operar era digna del más puro genio.

Terminó su agujero. Los vigilantes no se habían percatado de nada. En la distancia en la que se encontraban era imposible detectar la más mínima irregularidad en la puerta, además, no era lo que esperaban que sucediese, cosa que les liberaba de estar atentos. Y aquel artilugio trabajaba silenciosamente, sin levantar sospecha alguna.

Tenía suficiente. El diámetro era perfecto. Prefecto para su nueva arma. Perfecto para su nueva jugada en una partida extensamente complicada. Sacó una pistola, muy pequeña, diminuta. A la cual conectó un pequeño aparato cilíndrico, semejante a un silenciador; y a éste una pequeña bola de plástico, muy fina. Introdujo todo el sistema muy lentamente por el agujero que le acababa de practicar a la puerta. Todo estaba a punto para su nuevo movimiento. Extrajo una mascarilla de su mochila con una mano y se la colocó, cubriendo su nariz y boca, sobre el pasamontañas. Continuaba controlando a los vigilantes mediante su sistema de monitorización, acechante. Apuntó al centro, entre ambos y disparó. No se oyó el más mínimo ruido, excepto el impacto de aquella bola contra la puerta de la cámara, que estaba situada en el centro de la pared, entre los guardias. Estos se giraron a la vez, mirando a la extraña pelotita, que había perdido su forma esférica y se había deformado por el impacto, quedando pegada en la pesada puerta blindada. Apenas tuvieron tiempo de reaccionar. En cuanto fueron a abrir la boca y levantarse, una espesa nube de humo los envolvió, matándoles en el acto. Sus almas escaparon burlando todas las puertas, todos los cerrojos, siendo libres, siendo etéreas.

Se disipó el humo. La jugada había sido perfecta. La distancia cada vez era más corta. El camino se estrechaba, pero la pendiente se reducía. "La sombra" se quitó la máscara, ya no corría peligro. Guardó sus rudimentarios utensilios, pero no por ello poco sofisticados y se quedó de pie, quieta, inmóvil. Lo que venía ahora para ella era pan comido, comparado con lo que acababa de hacer. De nuevo abrió otro de los bolsillos de su morral y extrajo un conjunto de numerosos cachivaches, que apenas

116

ocupaban espacio, junto con una placa de plástico que sujetaba un cristal repleto de cables, que conectó a su ya habitual microcomputador. Extrayendo también una granada de humo, compuesta únicamente de vapor de agua y estabilizantes de permanencia, completamente inofensiva.

Lanzó la granada, dejándola rodar y según un plano que llevaba consigo, evitando todos los haces de infrarrojos. Explotó, inundando la sala de una finísima niebla blanca. Allí estaban, por fin se dejaban ver. Cinco hileras de luz roja recorrían en todos los sentidos los dos metros que separaban la puerta de la verja. Ahora todo era más fácil. "La sombra" comenzó a utilizar sus pequeños artilugios, que no eran otra cosa que pequeños cristales dirigibles. Pacientemente fue desviando hacia otra dirección cada uno de los rayos infrarrojos, recibiéndolos en el microordenador mediante el receptor casero que tenía conectado. Fue invirtiendo las polaridades y los desactivó uno a uno. Ya le quedaba menos.

La apertura de la verja fue un juego de niños, en lugar de molestarse en usar su preciado ordenador, prefirió jugar sobrado y lanzó una de sus herramientas, que con una precisión asombrosa fue a golpear al interruptor que la abría. Esto le provocó una sonrisa de satisfacción, quedando oculta bajo su pasamontañas y borrando por unos minutos esa expresión fría y calculadora, pero no su concentración.

Ya solamente le quedaba la recta final, el *sprint* a meta. Volvió a por el director, cargando con él otra vez. Lo dejó caer y le cogió la llave que guardaba en la americana. Abrió su bolsa y sacó una segunda. Se trataba ni más ni menos que una copia de la que llevaba siempre consigo Gasset, la cual copió en un molde, devolviendo la original a su dueño para no levantar sospechas, muy inteligentemente. Y llegó su momento tan esperado, la apertura de la puerta. Sacó su as de la manga, o mejor dicho, de sus mangas y de cada una de las perneras de sus pantalones. Extrajo una por una, varillas de aluminio telescópicas, que fue empalmando las unas con las otras. El resultado era increíble, aquel ser era una caja de sorpresas. En unos minutos construyó un trípode, cuya parte superior formaba una estructura que permitía el enganche de ambas llaves. Este conjunto se manejaba mediante una manivela situada en el centro. Aquel ser, colocó ambas llaves, cada una en su lugar correspondiente. La del director en la izquierda y la de Gasset en la derecha. Movió el trípode, provisto de ruedas, hasta que ambas llaves penetraron por sus pertinentes ranuras. Acto seguido se activó el sistema de megafonía, anunciando la llegada de la cuenta atrás: «Cinco, cuatro…» "La sombra" estaba a punto, preparada. «…tres, dos, uno… Procedan.» Dijo la mecánica voz y "la sombra" giró rápidamente la manivela. Entonces ambas llaves comenzaron a girar, cada una en un sentido diferente: el correcto.

Lo consiguió, estaba hecho, se escuchó un sonido de descompresión y acto seguido la pesada puerta comenzó a moverse, hacia fuera, dejando al descubierto el ansiado interior. "La sombra" cruzó el umbral, cargando con el director. Ahora sí que debía correr, las cámaras no le detectaban a él, pero sí al director y a la puerta. Una vez dentro, lo volvió a dejar caer y sacó su preciada ganzúa. Abrió todas las cajas de seguridad, pero sorprendentemente no tomó nada de ellas. Incorporó al director, lo situó en el centro de la cámara acorazada y le colocó sobre el pecho su aparato explosivo casero, repleto de C4. Abandonó el lugar. Pero antes de marcharse, cerró la compuerta, la verja y activó los sensores de infrarrojos y táctiles. También volvió a activar los de movimiento, incapaces, junto a las cámaras de detectarle.

Minutos más tarde la bomba explotó. Invadiendo la ciudad con su grito atronador.

14

Cuando llegó la policía, tardaron más de tres horas en entrar, ya que sólo existía una llave para la cerradura de la izquierda, la ubicada en el interior de la cámara junto al director. Fue una ardua tarea conseguir abrir aquella gigantesca compuerta, que había resistido a la deflagración, no corriendo la misma suerte el techo de la cámara acorazada, que se había perforando, destruyendo parte de la sucursal. Tarea agotadora. Y tras hacerlo, no fueron muchos los estómagos que aguantaron semejante espectáculo. Tan solo se conseguía distinguir la cabeza del director, el resto de su cuerpo yacía esparcido por todas partes. Las cajas de seguridad, relucientes, doradas, se habían convertido en mares de sangre, bañadas macabramente, espeluznantemente. Pocos fueron los que no dejaron escapar alguna arcada. Estaban indignados, mareados, humillados.

¿Por qué? ¿Por qué aquel comportamiento? ¿Por qué aquella horripilante manera de matar? ¿Por qué no robaron nada? ¿Qué ganaba aquel ser o aquellos seres con eso? Cientos eran las preguntas que afloraban y se agolpaban en la cabeza de aquellos desesperados hombres. Cientos eran las sensaciones que recorrían sus extasiados cuerpos, agotados, física y mentalmente. Acababan de vivir la experiencia más asquerosa de toda su vida y eso les mermaría psicológicamente por el resto de sus días.

Esas imágenes se podrían apartar, por no borrar.

–¡Por todos los santos, será posible…! ¡Joder! ¡Mierda, mierda…! ¡Mierda! –gritó desesperadamente González..

–No me lo puedo creer… –apenas esbozó Cristian con un hilo de voz, mientras Emma abandonaba el lugar apresuradamente, tapándose la boca con sus manos–. Horrible…

–¡¿Retos difíciles?! ¿Te parece poco reto haber burlado todos los sistemas de seguridad del más protegido banco de esta puta ciudad? ¿Pero contra qué coño nos estamos enfrentando? Esto es increíble… Pues ya me dirás tú qué golosina le preparamos a nuestro fantasma para que vuelva a actuar, porque lo que es a mí, no se me ocurre absolutamente nada. Este mamón, si es que es sólo uno, está acabando con mi paciencia –espetó el inspector indignado.

–No lo sé… pero debemos encontrarlo sea como sea. Seguro que tiene algún punto débil y te juro que lo encontraremos. No debe seguir muriendo gente inocente de esta manera –contestó Cristian apagadamente.

–Pero por Dios, salgamos de aquí, este maldito olor me está matando –propuso González. Y ambos hombres salieron a la calle.

Había patrullas de policía por todas partes, acordonando la zona. Cientos de curiosos se agolpaban tras los precintos policiales, intentando divisar algo de lo que ocurría allí adentro. Y junto a ellos, un grupo de periodistas batallando con diversos agentes para tener acceso a la sucursal. Aquel punto de la ciudad, se había sumido en un auténtico caos.

Emma continuaba vomitando entre dos coches patrulla, con el estómago deshecho. La imagen de la cámara acorazada se le había clavado en la retina, pero lo que en realidad le había provocado ese estado era aquel putrefacto olor, a rancia y oscura muerte. Y no pudo soportarlo.

Al rato, algo recuperada, se dirigió hacia sus compañeros y preguntó:

−¿Quién conoce todos los sistemas de seguridad en esta caótica ciudad? Porque, y no hace falta ser muy listo, para pasearse por este banco como se han paseado hace falta algo más que "saber hacer". Y quien quiera que haya llevado a cabo semejante atrocidad, sabe mucho más de lo que creemos.

−¿Insinúas que se trata de un policía o de alguien perteneciente a algún cuerpo de seguridad? −preguntó González.

−No lo insinúo inspector. Lo afirmo.

−"Gonzo", creo que tiene razón y que no vamos muy desencaminados. Es del todo imposible conocer todos los sistemas de seguridad, no tan solo de este banco, sino de los otros lugares de los hechos sin tener contactos o conocimientos extraídos desde adentro. Y además, según me has dicho, el banco estaba preparado con los mejores sistemas de seguridad del país y ayer mismo instalaron el sensor táctil de toda la cámara acorazada. ¿Cómo es posible que supiese la existencia de dicho dispositivo? ¿Con un día de antelación? −expuso el joven investigador.

–No puede ser... Me niego a pensarlo... –dijo González.

–¿Quién está al corriente de todos los sistemas de seguridad, González? Vamos, vamos, contesta, no podemos seguir perdiendo el tiempo –preguntó Emma apresuradamente.

–Sólo hay una persona en la ciudad, encargada de estar al corriente de todos los cambios que se producen respecto a la seguridad de los recintos más protegidos y codiciados. Pero es del todo imposible... ¡de veras!

–Tienes que decírnoslo, debemos movernos ávidamente amigo mío.

–Está bien. El único hombre que conoce estos datos, es mi compañero de toda la vida: Cifuentes. Precisamente sólo es él para aumentar la seguridad y reducir el número de sospechosos en casos como este. Pero en esta ocasión... es imposible, él no podría hacer una cosa así, no. Precisamente no ha venido porque su mujer estaba dando a luz. Y con un hijo en camino, un ser humano no puede tener ese comportamiento. Es ilógico.

–¿"Cifu"? ¿El bueno de Cifuentes? ¡Vamos, me estás tomando el pelo! –dijo Cristian airosamente–. Pensé que hablábamos de otra persona. Pero si "Cifu" es incapaz de hacer daño a una mosca. Pues vaya un sospechoso.

–¿Y desde cuándo es conocedor de estos sistemas? ¿A qué se dedica además de estar al cargo de esa tarea? ¿Qué papel desempeña en la policía? –interrogó Emma, haciendo caso omiso a los comentarios de sus compañeros.

–¡Vamos Emma! Que estamos hablando del ser más inofensivo de todo el planeta, que haya crecido unos centímetros en estos últimos años, no significa que se haya convertido en un psicópata asesino –dijo Cristian divertidamente, riéndose junto a González.

–La verdad es que en ocasiones me pregunto si en realidad sois imbéciles o es que no dais para más. Vamos a ver, ¿os debo enseñar yo el procedimiento de una investigación, o qué? –preguntó Emma visiblemente enojada.

–Pero Emma... no te enfades mujer, si "Cifu" es nuestro amigo y...

–¡Al carajo con vuestro amigo! De momento es el único sospechoso que tenemos y no me da la gana de renunciar a su investigación, tan solo porque sea el amiguito de un par de idiotas como vosotros. ¡Atajo de ineptos!

Ambos hombres se quedaron boquiabiertos ante tal muestra de voluntad y temperamento. Lo cierto es que aquella mujer les estaba volviendo locos a los dos; hermosa, inteligente, decidida y cuya personalidad se desbordaba allá por donde pasaba, en cada cosa que hacía. Y allí se encontraban, con una cara de póquer impresionante, recibiendo toda una lección de una novata; pero vaya novata. Pero lo que más les molestaba a ambos, es que encima tenía razón, asquerosamente tenía razón y eso hería sendos orgullos de "machitos". De modo que no les quedó más remedio que replantearse de nuevo el problema, el cual no era pequeño precisamente, debían someter a investigación a un compañero y eso nunca gustaba a un investigador. Pero algo les debía poner el camino más fácil. Su capacidad de leer los ojos debía descartar aquella posibilidad a la primera y por fin Emma se daría cuenta de quien era aquel hombre en realidad.

–Aún no me has contestado González… ¡Y quitaos de una vez esa cara de tontos! ¡Será posible! ¡No estoy dispuesta a haber vomitado de esta manera en balde!–dijo Emma irritadamente.

–Es el mejor policía científico de todo el estado, jamás se le escapa una, aunque… –comenzó a relatar González.

–¿Aunque? Vamos, continúa.

–Aunque últimamente no ha conseguido obtener ni una sola muestra de nada, respecto al caso de los asesinatos. Y siempre encuentra algo, por minúsculo que sea. Pero estas últimas veces, nada de nada. Pero he de admitir que yo también estoy con las manos completamente vacías.

–Es cierto Emma, Cifuentes es un auténtico genio, con un microscopio en sus manos y apenas cuatro utensilios, es capaz de terminarte cientos de cosas de todo tipo de crímenes. Es un grandísimo científico, su capacidad de observación, tan tajante, acaba por sorprenderte tarde o temprano. En alguna ocasión le he pedido ayuda par un determinado caso y él es capaz de ver lo que cientos de hombres ni se imaginan. Realmente sorprendente, sí, inverosímil.

–Esta bien, menos mal que os habéis despertado chicos.

Así que tenemos a un individuo que es policía y además es el responsable de ser conocedor de todos los sistemas de alta seguridad de la ciudad. Por si fuera poco, es el policía científico más avispado del país. La cual cosa quiere decir, que debe ser conocedor de innumerables técnicas físicas así como el manejo y desarrollo de altas tecnologías, ya que su trabajo le exige estar siempre al frente de la más rabiosa actualidad respecto al progreso. Y cuyo principal rasgo en su personalidad es su extraordinaria capacidad de observación. Entonces, creo que no hace falta ser muy inteligente para saber que tenemos ante nosotros al candidato perfecto. Y que sólo nos queda comprobar si nuestro, ya sospechoso, tiene una coartada. Aunque tú y yo –dijo Emma dirigiéndole a Cristian una mirada fría, mientras le señalaba con el índice –sabemos que lo que debemos hacer primero de todo es analizar su mirada.

–Vaya, vaya… una situación muy comprometida –dijo González pensativamente.

–Te aseguro "Gonzo" que no nos hace ninguna gracia. En primer lugar, porque "Cifu" es mi amigo. Y en segundo lugar, porque si ha sido él el autor de estos macabros asesinatos, para nosotros será algo muy duro. Piensa que no es nada agradable percibir todo ese cúmulo de sensaciones e imágenes en apenas unos segundos. Te llega a destrozar la mente, como si de cientos de manos te estuviesen estrujando el cerebro –dijo Cristian.

–Pues a mí no me haría ninguna gracia tener que detenerle. Así que esperemos que no sea él. Por favor chicos, no os equivoquéis.

–Descuida, nuestra amarga experiencia nos ha demostrado que lo que vemos es completamente cierto, lamentablemente. Las imágenes, las sensaciones, los cientos de sonidos, son tan reales... Ahora comprendo mejor que nunca ese dicho: "la mirada es el espejo del alma". Es la fuente más fidedigna que jamás haya encontrado en la vida. Nunca miente.

Realmente, aquel tipo no parecía un asesino en serie en absoluto.

No demasiado alto, delgado y hundido bajo sus enormes gafas exageradamente gruesas, parecía más bien un gato asustado que un lobo cazador nocturno. Aunque sus manos denotaban una precisión pasmosa a la hora de trabajar. Tenía un pulso tan estable, que era capaz de desplazar de un lugar a otro de su laboratorio infinidad de recipientes, tan repletos de todo tipo de líquidos, que se derramarían con tan solo respirar sobre ellos. Pero Cifuentes era capaz de moverlos de un lado a otro sin derramar ni una sola gota de éstos. Y de la misma forma manejaba la infinidad de artilugios de su laboratorio. Era la precisión personificada. Todo lo calculaba al detalle.

15

Los días cada vez eran más largos. Verdaderamente, aquellos amaneceres en la costa Barcelonesa eran muy hermosos. Y el calor hacía acto de presencia de una forma más notable; en esos días en los cuales la primavera se despedía con los últimos deshielos en las cumbres más elevadas de Pirineo y daba la bienvenida al verano con los nuevos brotes en todos sus extensos bosques.

Atrás quedaban las jornadas de mal tiempo, el frío, las intensas lluvias. Y como evoluciona la pequeña larva de mariposa, el costumbrismo de la ciudad también evolucionaba, parejamente. Y eso se dejaba notar en las calles. Cada vez más, la gente perdía ese miedo a salir de casa y las terrazas de los bares se convertían en puntos de encuentro a todas horas del día. La actividad de la enorme ciudad catalana aumentaba considerablemente, ayudada por la llegada de un auténtico aluvión de turistas de todo el mundo, atraídos por los innumerables tesoros culturales de la abarrotada urbe.

Por esos motivos, la pareja de detectives, no se encontraba en su mejor momento precisamente. A pesar de tener algo más controlada aquella extraña facultad. Seguían pasándolo bastante mal a la hora de salir a la calle y enfrentarse a un auténtico batallón de miradas. Todo constituía un ambiente de lo más variopinto para ellos y mermaba sus fuerzas de una forma hartamente notoria. No pasaba un solo día en el que ambos no pidiesen a Dios, si realmente existía, que les liberase de aquel esclavizante poder. Pero cada vez más controlaban sus emociones, dominaban sus sentimientos y miraban de ser ellos quienes estuviesen por encima de la situación y no la situación por encima de ellos. Pero les agotaba tanto…

El reloj del pequeño gabinete estaba a punto de marcar las doce del mediodía. Afuera, un sol que amenazaba toda pupila viviente, caía a plomo. La hora de la cita se acercaba.

Cristian se encontraba sentado en su mesa, revisando unos viejos documentos, de casos pasados, ya resueltos. Pero en realidad tenía la mirada perdida, mucho más lejos de aquellas cuatro paredes. Reflejaba un estado de preocupación. A pesar de lo que sentía por el impacto de mirada tras mirada, cuando recorría las calles de su ciudad, aquello no tenía nada que ver con su vida personal. Pero en cambio, tener que analizar a un amigo, eso era otra cosa. Además, desde siempre había sentido mucho aprecio por aquel extraño hombre, notablemente tímido, el cual se había casado y convertido en padre. Aunque eso sí le resultaba curioso, porque encarnaba a alguien que parecía destinado a estar sólo toda la vida; toda una sorpresa. Entonces las preguntas se sucedían en la ya bastante embotada mente de Cristian, preguntándose una y otra vez cómo reaccionaría si comprobaba en la mirada de Cifuentes que era el autor de todos aquellos atroces crímenes. ¿Qué sensaciones invadirían su cuerpo? ¿Qué argumentos utilizarían para proceder a su detención? «Verás Cifuentes, te detenemos porque hemos leído tus ojos y hemos comprobado que tú eres el asesino que buscábamos...» Nada, nada tenía sentido. Aquellos últimos meses le parecían del todo incongruentes, pero no le quedaba más remedio que seguir caminando hacia adelante. No, ya no podía tirar la toalla, lo peor ya había pasado; o quizá lo peor estaba por llegar...

Las manecillas del enorme reloj ya habían sobrepasado la una del mediodía. Emma acababa de llegar al gabinete tras haber salido a hacer unas compras. Percibió en toda su totalidad lo que Cristian estaba pensando, estaba sintiendo y sin mediar palabra salieron, cruzando la puerta cogidos de la mano.

La reunión tenía lugar en un conocido restaurante de Badalona. Cifuentes no tenía ni idea del verdadero motivo por el cual se le había citado, pensando de buena fe que tan sólo se trataba de una simple reunión de viejos amigos.

González también acudiría a la cita. Era del todo necesario que él estuviese presente, como amigo, compañero y como policía. Le repugnaba la idea de tener que detener a su propio compañero, pero sus fuertes convicciones como inspector jefe de policía le obligarían a hacerlo, por muchos sentimientos que estuviesen en juego.

Aquella tarde el restaurante Palmira estaba repleto de gente. Porque casualmente habían coincidido con la celebración de una convención en el palacio de congresos de Badalona y todos los asistentes habían acordado almorzar juntos. De modo que el ambiente estaba más sobrecargado de lo esperado por los investigadores. Pero esta situación ya no les asustaba, eran totalmente capaces de enfrentarse a múltiples miradas sin desconcertarse. Aunque inevitablemente sería un valor añadido, respecto a la presión que sentirían a la hora de efectuar el desagradable análisis de su amigo Cifuentes.

Los dígitos del reloj marcaban las catorce horas en punto, augurando la inminencia del esperado y desesperante almuerzo. El más puntual en llegar, una vez más, fue el inspector González, el cual ocupaba la mesa hacía algo más de veinte minutos, mientras saboreaba una dulce copa de ponche. Pasaban algo más de cinco minutos cuando llegaron Emma y Cristian, apresuradamente y acalorados por las elevadas temperaturas que venían produciéndose en las últimas semanas.

–No me hace ni puñetera gracia estar aquí muchachos… –dijo González con la mirada fijada en los cubitos de hielo de su copa.

–Hola "Gonzo", qué tal –esbozó levemente Cristian, a la vez que Emma hacía un ademán con la cabeza.

–Te lo digo en serio Cristian, quisiera no creer lo que vosotros sois capaces de hacer, pero lo cierto es que no tengo ni la menor duda de la asombrosa capacidad que poseéis. Y eso… eso me jode chicos, me jode mucho. De veras que no me gustaría tener que emprender acciones legales contra Cifuentes, son muchos años trabajando juntos. Me niego a pensar que pueda estar metido en algo tan escabroso –añadió el inspector.

–Sé que yo soy la menos indicada para tomar parte de esta conversación caballeros, pero a mí tampoco me

131

gustaría que ese hombre al cual esperamos tenga algo que ver con todos estos atroces crímenes –dijo Emma con una vocecilla casi imperceptible al oído humano–. Imagínate por un momento, Cristian, que estamos en lo cierto y ha cometido todas esas barbaridades, el impacto emocional creo que hasta podría dejarnos "fuera de juego".

–Lo sé Emma, pero te aseguro que ahora mismo eso es lo que menos me importa de todo esto. Estamos hablando de una persona que ha sido, y es, como un hermano para nosotros. Hablamos de alguien que siempre se ha comportado como un gran hombre –replicó Cristian con tono dolorido.

–Ya sé de quien se trata –puntualizó Emma–. Sólo pretendo tener todos los puntos de vista cercanos, para estar prevenidos. No es mi intención quitarle hierro al asunto, porque… –terminó Emma, siendo interrumpida por el inspector González emitiendo un leve chistido y dirigiendo la mirada hacia la puerta principal.

En aquel momento, Cifuentes acababa de entrar en el comedor donde ellos se encontraban, sumidos en una conversación inquietante y desesperante. Pero era en ese preciso momento cuando la verdadera desesperación acabó de azotarles de una forma mucho más notoria. En ese instante, irritante y sobrecargado, todos sentían que podían cortar su silencio interior a cuchillo, palparlo con las manos. Realmente era una situación sobrecogedora, terriblemente tensa. Todos y cada uno de ellos se sentían estremecidos, sobre-saturados. Notaban esa sensación tan amarga que les secaba la boca y convertía su saliva en una pasta espesa y repugnante.

Treinta. Tan sólo fueron treinta los segundos que pasaron desde que le vieron aparecer por la puerta del comedor, hasta que llegó junto a ellos. Treinta segundos que parecieron treinta horas, inacabables, eternas, casi inertes. Unos segundos que se agolpaban en sus cerebros y cuya tensión desarrollada provocó la apertura de los poros de la piel de todos los presentes. Y gotas de sudor escaparon de esa prisión corpórea y tirante.

Por fin, allí estaba Cifuentes, plantado ante ellos y esbozando una leve sonrisa, fruto de la timidez y la curiosidad. Dibujando con su rostro un auténtico interrogante acerca del verdadero motivo de ese encuentro. ¿Una reunión de viejos amigos en el Palmira? La verdad es que acostumbrado a un par de cervezas, como mucho, para recordar viejas vivencias, el haberse citado con ellos en ese restaurante le intrigaba un poco. Pero bueno, el caso es que volvería a encontrarse con esos dos hombres, a los cuales consideraba mucho más que viejos amigos; para él eran auténticos hermanos. El envidiable y seductor González, que tanto había pretendido enseñarle tiempo atrás acerca del, para él, complejo mundo femenino. Y Cristian, aquel chico tan perspicaz y hábil como el que más a la hora de sacar conclusiones en todas sus investigaciones; pobre, que poco le había sonreído la fortuna en estos últimos años.

Realmente, tras quedarse mirando a sus amigos, expectante durante menos de cinco segundos, sintió que el pasado cobraba vida y le envolvía con su halo de nostalgia y emoción. Cuantas cosas habían vivido juntos los tres. Aunque al verlos allí, sentados, acompañados de aquella guapísima mujer, sin levantarse a saludarle y mirándole fijamente, se le hacía una escena si más no curiosa.

Finalmente, Cifuentes optó por girarse, haciendo una serie de pronunciados gestos con su cabeza a izquierda y derecha, como si buscase a alguien tras de si a la vez que añadió:

–¿Seguro que me estáis mirando a mí? ¡Es increíble que la gente aguante tanto mirando a un tipo feo como yo! –terminó en tono divertido.

–Pues sí que tienes razón –espetó airosamente González intentado romper el hielo que en ese corto periodo de tiempo se había formado–. No sé ni como he aguantado tantos segundos mirando a un tipo tan feo como tú –concluyó irónicamente, mientras le retiraba hacia atrás levemente la silla que quedaba libre y le ofrecía sentarse con un imperceptible gesto.

–Tú como siempre tan amable conmigo "Gonzo"... –respondió Cifuentes guiñándole un ojo mientras tomaba asiento.

–Ya lo sabes "Cifu", como siempre yo debo permanecer en "mi línea" –replicó González discretamente, a la par que le retiraba la mirada y la perdía en el techo del lujoso comedor.

–¿Y a estos que les pasa? –inquirió Cifuentes mientras les miraba.....

Y esa era una pregunta cuya respuesta les estaba siendo difícil de asimilar a los dos chicos, poseedores de aquel extraño don. Cristian y Emma estaban realmente perplejos ante lo que tenían frente a sus ojos, verdaderamente estupefactos. Aquella visión les había dejado petrificados, como si les hubiesen congelado en un instante con nitrógeno líquido y yaciesen inmóviles ante cualquier elemento que les rodease. Sinceramente, no salían de su asombro.

Esperaban encontrarse infinidad de atrocidades, en caso de que fuese Cifuentes el verdadero culpable de todos los crímenes que venían sucediéndose en la ciudad. Esperaban ver todo tipo de imágenes apabullantes y desgarradoras. De alguna forma estaban preparados, entre comillas, para encontrarse con una serie de barbaridades. Incluso se habían hecho a la idea de verse desbordados emocional y psicológicamente ante la posibilidad de ver según que cosas. Pero aquello… Por Dios, aquello sí que no se lo esperaban. Era imposible lo que tenían ante sus ojos. Antes, aquella imagen no les hubiese parecido extraña, pero ahora, les resultaba muy complicado asimilar lo que su especial sentido percibía.

Nada. Aquel hombrecillo no sentía nada. No desprendía el menor atisbo de experiencia pasada, de vivencia, de historia personal. Ese impresionante científico policial no reflejaba ningún tipo de señal, de emoción, de sentimientos a través de su mirada. Y cuanto descolocaba esto a Cristian y a Emma, que en esta ocasión llegaron a intentar indagar en la profundidad de la mente de aquel individuo de forma voluntaria. Pero todos sus esfuerzos estaban resultando inútiles.

–¿Hola, que hay alguien en casa? –preguntó Cifuentes mientras les contemplaba perplejo y en cierto modo sorprendido–. ¿Realmente tanto os sorprende verme? –concluyó, sacando finalmente de su letargo a ambos, que parecían haber despertado de repente, y mostrando el característico estado somnoliento del que acaba de levantarse de la cama.

–Esto… hola "Cifu"… perdona… Me había quedado embobado pensando en otras cosas… –contestó Cristian, mientras su asombro iba en aumento ante el nuevo espectáculo irracional que se le estaba brindando ante sus ojos.

–¡Vaya, pero si sigue en el mundo de los vivos! ¡La verdad es que ya empezabas a darme miedo con esa cara de pasmado! Me alegra mucho volver a verte amigo mío, hace tanto tiempo –dijo alegremente Cifuentes–. ¿Qué pasa, que nadie me va a presentar a esta señorita que os acompaña? –preguntó Cifuentes, esta vez en un tono algo más tímido, acorde con la vergüenza que sentía, en presencia de cualquier tipo de ser del género opuesto.

–Soy Emma… –espetó la chica adelantándose a cualquier tipo de presentación por parte de cualquiera de los presentes–. Encantada… –terminó de decir, mientras observaba a aquel hombrecillo que no dejaba de sorprenderle.

Y no era para menos, pues en el momento en que Cifuentes se dirigió a estos, aquella ausencia de elementos en su interior, desapareció por completo. Dando paso a un contenido francamente humilde, sencillo, tímido y en cierto modo acomplejado. Aquel hombre, en ese momento, mostró un amplio abanico de sentimientos, preocupaciones y satisfacciones que adornaban su vida, como la de cualquier ser humano. Del mismo modo mostraba ser alguien impresionantemente bueno, gentil y concienzudo. Mostraba un alma luchadora y sincera con su entorno, amiga de sus amigos y entregada a su trabajo y seres queridos. Aquel hombre, reflejaba un comportamiento digno de admiración, aunque eso sí, terriblemente triste en algunos aspectos, sobre todo en lo referente a su amor propio, casi inexistente. Se quería poquito Cifuentes, debido a sus miedos, a sus inquietudes. Muy poca autoestima. Pero realmente, excepto aquello, la vida de ese hombre era perfectamente normal, enamorado de su esposa y con un pasado limpio, sin salpicaduras de sangre por ninguna parte y por supuesto, nada violento. Si existía algún asesino en esa ciudad, estaban seguros que no se trataba de Cifuentes. Pero, ¿a qué se debía ese vacío interior que habían detectado en un principio? ¿Quizá su "don" estaba empezando a fallar? ¿Cifuentes era alguien tan especial que podía evitar mostrar su interior? ¿Sería quizá esa bondad que desbordaba la que producía aquel efecto en una primera instancia? Muchas. Muchas eran las preguntas que en ese momento cabalgaban en sus cabezas, como potros desbocados esperando ser domados. Preguntas que quizá careciesen de sentido, y cuya respuesta quizá fuese tan simple como que se había producido un pequeño *standby* en su "sexto" sentido. Aun y así, el encontrarse cara a cara con una persona que reflejaba tanta nobleza, se les antojaba algo extraño, porque jamás se habían encontrado con un caso similar. Y por supuesto, las personas cuyo pasado y sentimientos evocaban aspectos negativos; les hacían sentir como poco incómodos. Pero en aquella ocasión, las sensaciones eran aparatosamente positivas e inconscientemente el agradecimiento que sus cuerpos y mentes evocaban era impresionante. Sí, aquel hombre les estaba haciendo sentir muy bien, y él ni lo sabía.

—Encantado Emma, mi nombre es José Cifuentes, aunque estos dos elementos que están aquí sentados me llaman "Cifu".

—Bueno, pues ya que estamos todos, será cuestión de ponernos manos a la obra y pedir la carta, ¿no creéis? – dijo el inspector González, cortando toda inverosímil conversación, mientras intentaba, sin resultado alguno, indagar en los pensamientos de Emma y de Cristian. Esperando cualquier tipo de reacción, y en cierto modo preparado para lo peor, acariciando la pistola enfundada en su cinto.

—¡Bien, estoy hambriento! —espetó graciosamente Cifuentes. Cuyo sentido del humor, a pesar de su timidez, ese día estaba radiante.

—¡Estoy de acuerdo! —añadió también, divertidamente Cristian.

—¡Lo veo y subo dos! —terminó por sumar Emma, mientras miraba a González y le hacía un ademán con su rostro y su cabeza, dándole a entender que estaba completamente limpio.

En cierto modo, el inspector González sintió un tremendo alivio al constatar de la mano de sus amigos, que su compañero no tenía nada que ver con los asesinatos que se estaban produciendo. Pero por otro lado, la idea de que el verdadero culpable de todas aquellas pesadillas todavía seguía suelto, le mermaba el pensamiento y le inquietaba profundamente. Por supuesto que no deseaba para nada que su compañero hubiese sido el artífice de todo aquello, pero al menos el caso hubiese quedado resuelto, aun a costa de haber perdido a una de las personas más importantes de su vida. Pero ahora, ¿quién demonios sería la persona que estaba llevando a cabo todo aquello? ¿Quién era conocedor aparte de Cifuentes de todos los sistemas de seguridad más avanzados y vanguardistas de la ciudad? Nadie. Era imposible. Solamente Cifuentes sabía según que cosas. Ni siquiera él mismo era conocedor de algunas informaciones restringidas. «¡Maldita sea! ¡Esto me va a costar el cargo y mi dignidad profesional!» Se lamentaba, sintiéndose completamente perdido ante los futuros pasos que debería efectuar en un futuro no muy lejano.

Por otro lado, allí estaban sentados y contagiados por ese halo de alegría y felicidad que Cifuentes desprendía y que les sonaba a incertidumbre. González reclamó la presencia del camarero.

16

Llegó el fin de semana, y con éste llegó el verano, azotando desde el principio de una forma impresionante a todo los habitantes de Barcelona y alrededores. Solsticio realmente caluroso el de ese año, que aceleraba las ansias de vacaciones de todos los individuos que abarrotaban las calles de la ciudad. Que curioso era el contraste del mes de Agosto en Barcelona, cuando la ciudad parecía convertirse en un desierto urbano, carente de vehículos y reduciendo su población a niveles sorprendentes. Contraste con el mes de Diciembre por ejemplo, cuando en navidades, en el Portal del Ángel (conocida calle del centro de la ciudad) y sus calles adyacentes, parecía concentrarse allí la mitad de la población del mundo; abarrotando cada uno de sus rincones. Contraste con las horas punta de cualquier día laborable del año, con las avenidas repletas de coches, cuyos propietarios se estresaban por no llegar tarde a su puesto de trabajo. Ciertamente, de ser en ocasiones "la ciudad sin ley", en ese mes pasaba a convertirse en una fiera mansa, dormitando bajo el sol abrasador del litoral catalán.

Pero Agosto aún quedaba lejos, las vacaciones para la inmensa mayoría todavía se harían esperar. De momento tocaba seguir al pie del cañón y trabajar para poder llevar un sueldo a casa y poder seguir subsistiendo en esa jungla. Una de las junglas más cosmopolita del mundo. Tocaba seguir viviendo, cercanos al día más largo del año y disfrutando de la noche más corta: la noche de *Sant Joan*. Noche muy importante y tradicional para el pueblo catalán, en la cual el ruido y el fuego se convertían en protagonistas indiscutibles. Las calles se inundaban de fogatas que pretendían quemar los aspectos negativos de las vidas de todos los habitantes e iluminar los corazones para seguir avanzando en un futuro más próspero y liberado. Y calles repletas de sonidos ensordecedores, provocados por todo tipo de petardos y fuegos artificiales, que coloreaban el cielo barcelonés, ofreciendo un espectáculo digno de presenciar. Noche de leyenda, que daba paso a un amanecer, no menos carente de simbolismo y tradición. Amaneceres en la playa, baños desnudos con las primeras horas del alba… Todo un séquito de situaciones y vivencias que dibujaban una Cataluña, y más concretamente una Barcelona, mucho más colorida y menos aplomada que de costumbre. Siempre y cuando basemos estas palabras en su masa urbanística y en muchas ocasiones Renacentista en muchas de sus ubicaciones, con ese toque característico de edificaciones adustas y cuadrangulares.

Aquel veintiuno de Junio había llegado tras dos semanas de aparente tranquilidad en la ciudad. No se había cometido ningún nuevo crimen. Aunque lo que para algunos podía tomarse como algo relajante, para otros aquella situación todavía les desesperaba aún más. Y esto era lo que les sucedía al inspector González, a Cristian y Emma. Para ellos era como estar esperando para volver a sentir el denigrante olor a muerte, sentados y cruzados de brazos. Verdaderamente, no tenían ni idea de por donde

141

coger el caso. No existían más pesquisas ni rastros que los que ya habían analizado una y otra vez. Y respecto a Cifuentes, pobre hombre, ¿cómo iba aquel individuo, con un corazón de oro, a cometer tales atrocidades? Era imposible y mucho menos tras haberle seguido en alguna ocasión, por si acaso, y haber comprobado que, efectivamente, su comportamiento era de lo más normal. De casa al trabajo y del trabajo a casa.

Dos semanas, que desesperaban a estos investigadores y les estaba provocando un verdadero estado de tensión e irritabilidad, que sumado al calor que estaba haciendo en toda la provincia, les sobre-saturaba. Ya que miles eran las veces que se habían sentado alrededor de una mesa y habían repasado punto por punto, milímetro a milímetro cada detalle de todos los asesinatos. ¿Cuál era el auténtico móvil de aquellos actos? Si es que realmente existía algún móvil para semejante comportamiento. ¿Qué impulsaba a ese sujeto o sujetos a actuar así? De nada servían en esta ocasión todas esas horas de clase de psicología y sociología criminal en la academia de policía. Aquella forma de actuar se escapaba de todos los parámetros de comportamiento criminal habituales, llegando a desconcertar a aquel que se dispusiera a investigar en ello.

17

Llovía.

Llovía incesantemente.

El cielo se había convertido en un espeso mar de nubes negras que todo lo dominaban, embaucando con sus abultadas formas toda la superficie de la ciudad de Barcelona. Como si de hambrientos dioses se tratase, aquellos espesos cumulonimbos parecían engullir cada uno de los edificios, cada una de sus calles y cada una de las personas que torpemente avanzaban, sujetando unos paraguas difíciles de dominar con ese intenso viento. Además, acentuando el aspecto apocalíptico que la urbe presentaba en ese momento, los enarbolados y ramificados relámpagos sacudían ese denso cielo, el cual parecía desquebrajarse en mil pedazos, poniendo a prueba los cientos de pararrayos que los altivos edificios poseían. Relámpagos sucedidos de truenos aún más espeluznantes, que hacían temblar a toda la ciudad y a cada uno de los corazones de sus habitantes.

En medio de todo ese clima y ajenos a todo lo que afuera estaba sucediendo, los preparativos finales se estaban ultimando en el nuevo museo de pintura impresionista que estaba a punto de inaugurarse en la ciudad.

Todo el mundo corría de arriba para abajo a un ritmo frenético. El museo estaba a punto de abrir sus puertas a los dirigentes políticos de la ciudad, así como a numerosos empresarios y todo debía estar en orden para la recepción. Además, se inauguraba a lo grande, ya que directamente desde el Rijksmuseum de Ámsterdam y del parisino D'Orsay, había llegado una espectacular colección de una de las mejores obras del famoso pintor impresionista Vincent Van Gogh. Teniendo expuestas de ésta manera obras como "Los comedores de patata", "Habitación en Arlés" y alguna de las versiones de "Los Girasoles" y autorretratos del pintor.

A pesar de la fría lluvia, no obstante, el ambiente estaba cargado en el exterior. De forma invisible se alzaba el calor acumulado durante tantos días de incesante sol en las duras aceras y negruzco asfalto; evitando de esa manera que el mercurio cayese hasta alcanzar una temperatura óptima y agradable para los transeúntes de la mediterránea ciudad. Además, la interminable tormenta provocaba en las personas una sensación de inquietud y nerviosismo que se hacía palpable en el entorno, generando cierta inseguridad y extraño estrés, que aún sobrecogía más a cada uno de los ciudadanos porque venía dado sin motivo aparente. Inevitable efecto de las tormentas.

Ya en la montaña, en el cercano parque natural de Collserola, un coche negro bajaba a toda velocidad zigzagueando curva tras curva. Dejando a su paso, en los flancos, arbustos algo más frescos que el alquitranado asfalto, así como numerosas flores, que lejos de querer despedirse de la cálida primavera, se habían abierto en su totalidad, absorbiendo la mayor agua posible, como si de perdido hombre en el desierto se tratase. Flores que emanaban un conglomerado de perfumes que se antojaban excesivos al olfato humano, pero que fundidos con la hierba mojada, daban al ambiente un toque de frescor muy agradable.

Varios fueron los leves derrapes que el vehículo dio en su descenso. Ligeros coletazos que lo hacían mecerse curva tras curva, pero que en absoluto parecían importar a su conductor y cuyos chirridos se veían camuflados por el mojado pavimento.

En el museo, todo estaba a punto, el reloj se acercaba imparable hacía el punto horario de las doce del mediodía. Las rojas moquetas estaban preparadas, dibujando un camino en el frío suelo de mármol, el cual guiaría a través de un fastuoso reguero de pasadizos a cada uno de los asistentes. Llevándolos de galería en galería, hasta morir en una enorme sala polivalente, donde se llevaría a cabo la recepción de los mandatarios y donde se descubriría la pequeña cortinilla que cubría la conmemorativa placa del esperado momento de inicio de actividades del museo.

La seguridad en el edificio estaba estudiada al detalle. Cada uno de los pasillos, galerías, salas, despachos y almacenes, disponía de elevadas medidas de seguridad activa y pasiva. Activa: correspondiente al verdadero ejército de vigilantes de seguridad armados que custodiaban cada una de las estancias. Y pasiva: basándose en infinidad de sensores de movimiento, detectores de metales, alarmas… Demasiado dinero se había invertido en

145

el esperado museo como para desdeñar un aspecto así y la colección temporal que albergaba en ese momento de su nacimiento era demasiado importante como para obviar un nivel de seguridad máximo. Ya que no sólo estaba en juego la reputación del museo, sino también la de las numerosas entidades que respaldaban el proyecto y como no, el prestigio de toda una ciudad reconocida mundialmente como era Barcelona.

Llegó el momento. Bajo el inconfundible martilleo de las campanas de la Catedral, las manecillas del reloj alcanzaron las doce del mediodía. Fue en ese preciso momento cuando las puertas del nuevo Museo de Impresionismo de Barcelona se abrieron de par en par. En el exterior, una enorme moqueta roja cubierta por una carpa de color negro, esperaba expectante a los primeros asistentes. Numerosos periodistas se abultaban a ambos lados de las vallas que blindaban el acceso, parapetados por otras carpas algo más modestas, de la incesante lluvia que seguía cayendo a plomo. Pocos minutos después empezaron a llegar los primeros invitados, transportados por sus elegantes coches de alta gama y siempre conducidos por serios chóferes. A izquierda y derecha, algún que otro escolta privado, vigilantes en todo momento y portadores en su gran mayoría de grandes gafas de sol, a pesar de la oscuridad del día.

Primero fueron conocidos empresarios de todos los ámbitos, los que fueron entrando en el elegante edificio, construido por el holandés Jo Coenen. Y cuando se acercaban las trece horas, los primeros políticos empezaron a hacer acto de presencia. Empezando por el alcalde de la ciudad y diversos consejeros del gobierno autonómico y finalizando con la consejera de cultura y el presidente de la *Generalitat de Catalunya*.

Tras la visita, todos se encontraban reunidos en la sala polivalente, esperando el momento de la descubierta de la placa conmemorativa, para dar paso posteriormente a un cóctel que se había preparado en el mismo lugar, adornado de numerosos camareros, que como si de una parvada de pingüinos se tratase, se encontraban allí plantados esperando.

En los almacenes subterráneos del museo, algo mucho más sórdido y oscuro se estaba preparando. Una pequeña sala, olvidada al final de un inacabable pasadizo había sido abierta. Pudiendo hacer bien poco las incontables cámaras de vigilancia para registrar la persona que se acababa de adentrar en ella, así como los sensores de movimiento, los cuales habían sido anulados de forma sorprendente, sin disparar un solo aviso de irregularidad en la moderna sala de control ubicada en la última planta del edificio.

En el pequeño almacén no había más que un par de cajas de madera de baja altura y alargado tamaño, las cuales habían sido utilizadas para transportar algunos de los ejemplares de la colección permanente del museo.

"La sombra" volvía a hacer acto de presencia y con una agilidad pasmosa empezó a moverse de un lado a otro en la sala, ultimando sus particulares preparativos de recepción.

Dos plantas más arriba, en la zona de la recepción, los invitados habían comenzado a relajarse, ya apartados los contados objetivos periodísticos a los cuales se les había permitido el paso para inmortalizar el momento.

Las risas empezaron a hacer acto de presencia y los intercambios estratégicos de palabras entre empresarios y dirigentes políticos acababa de iniciarse. Al fin y al cabo, era en ese tipo de reuniones y/o encuentros, donde se llevaban a cabo los mejores negocios, los mejores tratos, los mejores y más interesantes acuerdos. Después de todo, las reuniones en los despachos no servían de mucho y siempre era mejor lanzar las hordas económicas más relevantes en un ambiente mucho más distendido. Además, esas reuniones para muchos se antojaban oportunidades únicas de encontrar a varios "objetivos" juntos en un mismo lugar.

Y entre el trasiego de gente de una mesa a otra, así como de camareros bandeja en mano, repletas de copas de cava del *Penedès* que empezaban a producir un ligero efecto chisposo sobre sus consumidores, alguien que no había sido invitado comenzaba a moverse entre la muchedumbre.

18

El sol quiso empezar a brillar cuando ya era demasiado tarde. La oscuridad comenzaba a ganar la partida y la luna reclamaba su espacio y horario en el cielo. Poco margen de maniobra le habían propinado las inacabables nubes que todo lo habían cubierto durante el largo día.

De nada servían los gritos. No podía. No afloraban a su garganta ya maltrecha de tanto esfuerzo por articular sonido alguno que fuese escuchado ahí, en el exterior. Sus ojos estaban inyectados en sangre, aquella venda que la sujetaba por el cuello a aquella incómoda caja, apretaba demasiado. Pero no la mataba, sino que le hacía más incómodo su calvario, su padecimiento en aquel lugar que le resultaba del todo desconocido. ¿Cómo había ido a parar allí? Se preguntaba una vez tras otra, sin saber el motivo que la había llevado hasta aquel lugar. «No soy más que la Consejera de Cultura… no tengo enemigos de peso… ¿quién querría hacerme daño?» Cavilaba una vez tras otra, no dando crédito a su actual situación, la cual la desesperaba.

Nadie había vuelto a aparecer desde que la llevaron a ese lugar. Nadie le había hablado, le había mirado. Nadie. No le habían exigido nada, no le habían pedido ningún tipo de cosa, ni dinero. Y eso era lo que más le preocupaba. ¿Qué pretendía o pretendían el o los que la habían encerrado allí?

Solo recordaba que después de su última copa de cava había ido al baño, nada más. Un denso vacío, blanco como la nieve se agolpaba en su agotado cerebro, el cual parecía funcionar mucho más deprisa que el resto de su cuerpo. Ni tan solo su agitado corazón, azorante y desbocado igualaba su frenético ritmo. La copa de cava… y después esa horripilante y angustiosa sala que la rodeaba.

Apenas podía mover la cabeza, la venda se lo impedía. Casi no podía tragar saliva, le apretaba tanto la boca que por poco no podía respirar. Y las muñecas le dolían tanto que pensaba que de un momento a otro iba a perder el conocimiento por el padecimiento que todo le provocaba. Por otro lado, las duras tablas de la caja que le hacían de improvisado camastro, se le clavaban en la cintura y las caderas. Y la incesante luz blanca que alumbraba el lugar se estaba convirtiendo en una verdadera pesadilla para sus pupilas. Pero prefería aguantar, seguir viéndola. Temía que si cerraba los ojos, no volvería a abrirlos nunca más. Ansiaba tanto la visita de alguien. Ya empezaba a darle igual si quien cruzase la puerta fuese su rescatador o el inhumano que la había metido ahí. La puerta… la puerta que debía haber, porque tampoco la veía. Y seguía sin poder gritar. El horror estaba ya clavado en su espíritu.

19

Todo había salido correctamente y el inspector González y Cristian respiraron aliviados. Tan solo habían sido avisados un par de días antes del evento y la inauguración del nuevo museo prácticamente les cogió por sorpresa. A tal efecto, ambos, junto a Emma se pusieron en prealerta y ellos mismos examinaron la zona para asegurarse que no quedase ningún vacío de seguridad el día de la apertura. Tenían la total convicción de que a aquel asesino sin escrúpulos dispondría de una ocasión con todos los ingredientes necesarios para su uso y disfrute, existiendo de esa manera un amplio porcentaje de posibilidades de que decidiese volver a actuar ese día. Pero se equivocaron, todo había salido bien. Nadie había sido asesinado y los sistemas de seguridad no detectaron ningún tipo de alteración durante la puesta en marcha del nuevo museo.

La verdad es que ya había pasado bastante tiempo desde el último crimen y esto les producía sentimientos encontrados y contradictorios. Por un lado se sentían aliviados, ya que nadie estaba perdiendo la vida en manos de ese o esos desalmados. Pero por otro, les inquietaba profundamente. Les preocupaba la idea de que hubiese seguido actuando y, por el contrario a las anteriores ocasiones, no se hubiesen percatado de los asesinatos y hubiesen sido contra personas más desconocidas, más anónimas y con menos trascendencia. De ésta manera seguro que nunca saldrían a la luz pública sus desapariciones o muertes, si éstas no presentaban un grado algo más anómalo de brutalidad o *modus operandi*.

Sentimientos que se sumaban a la apatía y tensión acumulada durante los días precederos, tornando las ya castigadas mentes de Cristian y Emma en un remolino de ideas y pensamientos que les saturaba bastante. Porque la dura y cruda realidad era que no tenían absolutamente nada. No habían conseguido avanzar el más mínimo paso. Ni un solo ápice, su investigación no había dado fruto alguno. En tantos meses de experiencias acumuladas, de dolor, de sensaciones indescriptibles. En tantas horas de trabajo, sentían que todo su esfuerzo no servía ni serviría para nada. El asesino seguía suelto y las vidas que habían expirado pesaban como losas sobre las espaldas de cada uno de ellos, a pesar de no tener culpa de nada, pero se sentían responsables y eso les ensombrecía el corazón.

Julio ya se había hecho dueño y señor del calendario y el calor seguía siendo el protagonista indiscutible.

Pasaban escasos minutos de las dieciséis horas cuando el teléfono móvil del inspector González sonó en su bolsillo. De alguna extraña manera el inspector tuvo la sensación de que vibraba en su pantalón con más fuerza que nunca, como si su interlocutor tuviese prisa para que contestase y de alguna manera ese deseo se trasladase hasta el propio terminal.

González se quedó mirando la pantalla del aparato, sorprendido por aquella extraña sensación. El número le resultaba desconocido.

Su sorpresa fue mayúscula cuando pulso la tecla de respuesta y preguntó quien se encontraba al otro lado. Por poco le da un pasmo al comprobar que se trataba del mismísimo consejero de interior del gobierno catalán, que le apremiaba para que urgentemente se personase en su departamento, ya que debía tratar un tema que parecía ser muy urgente.

Antes de que le diese tiempo a terminar el cigarro que se había encendido para el trayecto, el inspector González se había plantado frente al edificio donde se encontraba el Departamento de Interior. Pocos segundos tardó en salir de su coche y tirar el cigarro, corriendo a toda prisa hacia la puerta de entrada. La misma brevedad de tiempo en la que un policía uniformado le barró el paso y le pidió que sacara su coche de ahí, ya que se trataba de una zona de seguridad, además de ser una calle altamente concurrida, como lo es la Vía Laietana de Barcelona.

Nervioso, el inspector González sacó su placa, con cara de pocos amigos, y la mostró al relajado agente, que se irguió como una vela al ver que la persona que tenía delante tenía algunas rayas más que él. Segundos después González ya se había perdido de su vista y se encontraba frente a la puerta del despacho del consejero.

–Hace tiempo que estoy al corriente de su investigación, inspector González –dijo el consejero, sin ni siquiera saludarlo ni ofrecerle asiento, agregando una profunda pausa–. Pero me temo que voy a tener que replantearme que siga usted al frente de la misma… Como ya he comentado con sus superiores –terminó, mientras giraba su cabeza hacia la ventana y perdía su vista en el infinito.

–Señor… –balbuceó descolocado González, cuya situación se le había echado encima completamente por sorpresa. Y siendo inmediatamente interrumpido por el consejero.

–Me acaban de comunicar que la consejera de cultura ha muerto. Y no precisamente por causas naturales –manifestó el consejero, mientras miraba al inspector González con penetrante mirada.

De repente, el agotado policía sintió un enorme mazazo sobre su nuca, como si de repente le hubiesen lanzado encima toneladas y toneladas de roca y le aplastasen poco a poco contra el suelo. Un mal augurio se estaba apoderando de su cuerpo, a la par que el consejero añadía:

–Haga el favor de sentarse. Debemos encontrar una solución a éste conflicto, que parece ser que hace bastante tiempo que se nos ha ido de las manos…

Los minutos sucesivos empequeñecerían aún más al ya acongojado inspector de policía.

20

Unos días antes, a falta de unos treinta minutos para el inicio de la recepción, un rápido y negro coche se acercó a las inmediaciones del nuevo Museo de Impresionismo de Barcelona, hasta quedar estacionado finalmente en un garaje público situado bajo la Catedral.

Fueron pocos los segundos en los que la oscura sombra tardó en llegar desde ese garaje hasta la puerta de entrada del almacén de la empresa de catering, que se encontraba próxima al museo. Como también fueron pocos los segundos que tardó en acceder con un pequeño furgón, el cual debía llevar unas cuantas botellas que estaban esperando para la recepción.

Todo parecía estar en orden para el vigilante de seguridad que controlaba la cámara de acceso a los almacenes y su interfono. La matrícula coincidía y el repartidor también, hacía pocas horas que había hecho entrega de otro pedido.

Pero tras el serio conductor, nada estaba como siempre, ya que una enorme hoja afilada y punzante se le clavaba en la parte posterior de las costillas, en su lado izquierdo, de forma amenazadora. Hoja que minutos después, tras cruzar el acceso al almacen, fue clavada en su totalidad, reduciendo la vida del repartidor a nada y precediéndole de un intenso dolor, falta de respiración y agonía. Y todo bajo el más estricto silencio, ya que una fuerte mano sujetó su boca acallando todo atisbo e intento de grito y/o lamento.

Ya en el interior, todo resultó de lo más sencillo para la implacable "sombra", que desplazándose ágilmente por los pasadizos, pudo llegar sin problemas hasta un pequeño almacén que se encontraba en la zona más recóndita del edificio. Allí la seguridad se limitaba a unas cuantas cámaras y sensores de movimiento, los cuales no le resultaron difíciles de anular y sortear. Y todos sus actos fueron tan rápidos, que pudo salir de nuevo con el furgón y el finado repartidor antes de levantar sospechas.

Pocos minutos tardó en preparar el lugar ideal para su venidera fechoría. En los cuales solamente se limitó a colocar unas gruesas y blancas vendas fijadas a dos cajas de embalar cuadros que allí se encontraban y, en primera instancia, a manipular la pequeña cámara de seguridad que vigilaba el minúsculo habitáculo. Ahora el vigilante de la sala de control sólo veía una imagen fija de la sala, anterior a todos los preparativos, de forma cíclica.

El resto fue un poco más complicado, o al menos lo había sido unas horas antes. Momento en el cual "la sombra" tuvo que adentrarse en el domicilio de la consejera de cultura, el cual se encontraba en una urbanización de Vallvidrera, en el señorial distrito de *Sarrià-St.Gervasi* de Barcelona.

"La sombra" se plantó en ese lugar a altas horas de la madrugada, mientras el sol continuaba aún sumido en sus ensoñaciones. Y al contrario que en el museo, "la sombra" no tuvo que encargarse de inutilizar ninguna cámara de seguridad. Pero sí que le llevó más tiempo deshacerse momentáneamente y sin que éstos armasen demasiado ruido, de dos enormes perros que custodiaban el edificio y los cuales estaban perfectamente adiestrados contra cualquier intruso que se aproximase.

Mantenían la posición en los puntos de acceso al domicilio, hacían caso omiso a toda comida o elemento que no viniese de su propietaria y dada su ubicación, a "la sombra" le resultaba imposible efectuar un disparo certero con algún tipo de tranquilizante sobre ellos.

Por otro lado, la casa carecía de paredes exteriores y estaba completamente centrada y a una buena distancia de todas las vallas que la circundaban, cosa que también le hacían descartar la opción de escalar por ella para acceder desde arriba al interior.

Elementos que convertían a la vivienda en un lugar bastante protegido, al menos si se quería acceder sin levantar sospechas y sin darle la posibilidad a la policía de recibir un aviso y personarse en el lugar, cosa que en ocasiones sucedía incluso en cortos espacios de tiempo, rompiendo el tópico que menciona que siempre llegan tarde.

A "la sombra" le interesaba entrar a su estilo, sigilosa, en silencio y llevar a cabo su plan de forma rápida y efectiva. Y el tiempo corría en su contra. Pero era éste tipo de situaciones las que le gustaban. Estos retos eran los que realmente le divertían y la obligaban a sacar todo su potencial.

Tampoco lo tuvo excesivamente difícil. Los perros estaban adiestrados para no hacer caso a nadie ni a nada.

Para no moverse, para no abandonar su posición justo hasta el mismo momento en que un posible intruso estuviese frente a cualquiera de las dos puertas. Pero los perros no estaban sordos, y lo que no podían dejar de hacer era escuchar. Siendo éste el punto débil que "la sombra" aprovechó para dejar fuera de circulación a uno de ellos, ya que del otro no debía preocuparse, dado que vigilaba la parte posterior y no alcanzaba visualmente a su compañero que se encontraba en la puerta principal.

Cuando estaba a escasos diez metros de la verja corredera de la entrada principal, cuya altura era algo más baja que el resto del vallado, el perro levantó automáticamente sus orejas. Presentía que algo o alguien estaba cerca, su instinto no le fallaba, un instinto creado y heredado año tras año, siglo tras siglo, a través de sus antepasados. Entonces, en ese preciso momento sus músculos se tensaron y abandonando su posición estirada en el suelo, se puso en pié y fijó su mirada en la verja. Podía ver perfectamente todo lo que sucedía al otro lado, ya que estaba formada por densos y gruesos barrotes metálicos. De modo que no tardó en apreciar que alguien se aproximaba a pié desde el otro lado de la calle.

No suponía un personaje conocido para el animal, como lo podía ser el cartero o el repartidor de prensa; o en alguna ocasión un empleado de una empresa de mensajería que de tanto en tanto traía un paquete. Y tampoco era un horario habitual para que se presentase nadie en casa de su dueña; y el can lo sabía.

Aquella figura oscura, completamente vestida de negro, caminaba tranquila, pero con paso decidido hacia la metálica verja. Y cuando se encontraba a unos dos metros

158

de la misma, pudo sentir un leve rumor que provenía del animal, como si estuviese preparando sus cuerdas vocales y sus pulmones para propinar a todo el vecindario y, en especial a su dueña, un poderoso y sonoro ladrido.

Apenas pasó de aquí el desafortunado animal. Porque en cuestión de segundos sintió como un penetrante ultrasonido, de una frecuencia que sobrepasaba sobradamente los veinte mil hertzios, se apoderaba de sus oídos y embotaba todos sus sentidos. Cayendo al suelo apabullado en pocos segundos, víctima de un colapso que le hizo perder el conocimiento de una forma rapidísima.

El resto fue fácil para "la sombra". La consejera hacía mucho tiempo que había decidido vivir sin escolta, y no tener seguridad privada, porque consideraba que su cargo tampoco poseía un nivel de presión social demasiado elevado y que estaba bastante ajena a ser víctima de cualquier tipo de ataque radical. Además, pensaba que ella era la única dueña y señora de su vida y le gustaba tener su más absoluta intimidad, a salvo de cualquier mirada indiscreta. Pensaba que tan solo con sus dos perros bien adiestrados tendría suficiente en caso de poder llegar a ser objetivo o futura víctima de algún desalmado o ladrón que se interesase en ella o en sus pertenencias. Pero tal decisión, sin duda que le iba a salir cara.

Aún no había asomado el sol en el horizonte, cuando "la sombra" ya había llevado a cabo la primera parte de su plan para ese día. Sin ningún tipo de complicación, abrió la puerta de la casa con una extraña ganzúa, accediendo sigilosamente a su interior. En unos segundos se plantó en el lavabo y abrió de par en par el armario-botiquín que allí se encontraba. Enseguida dio con una pequeña caja de plástico de color azul turquesa. La abrió y extrajo de su interior la única ampolla de cristal que contenía. Ésta tenía un líquido transparente y estaba cerrada con un pequeño tapón a rosca. Desenroscó el tapón y abrió uno de los bolsillos de su negro mono, extrayendo de él un pequeño estuche metálico que contenía una jeringuilla.

En un minuto había rellenado la pequeña ampolla con un líquido transparente que llevaba en la pequeña jeringuilla, atravesando con su aguja la delgada capa protectora de caucho que sellaba el recipiente.

Desde hacía ya casi cinco años, la consejera había iniciado un proceso de reacción en su metabolismo hacia determinados alimentos, todos ellos catalogados en el grupo de los mariscos. Y eso le fastidiaba profundamente, por lo que no se lo pensó dos veces a la hora de comenzar un tratamiento basado en la inmunoterapia, en el cual iba ingiriendo en pautas temporales marcadas por su alergólogo, una serie de vacunas sublinguales. De ésta manera, su cuerpo iría aprendiendo a defenderse de las agresiones (que en realidad no estaba padeciendo) y que constituían la base de su alergia.

Hacía ya varios meses, o casi un año, en que su alergólogo le había diagnosticado una práctica recuperación y le había dado el alta. No obstante, la consejera tenía la injustificada manía de tomar esas vacunas cada vez que preveía la posibilidad de comer gran cantidad de marisco. Cosa que en realidad ya no hacía efecto alguno directo y nunca lo había hecho, dado que ese tipo de tratamientos actúa a largo plazo y jamás tiene un efecto de rescate o preventivo. Pero aún y así, ella seguía

160

tomándolas, estando convencida que su efecto la mantendría a salvo de cualquier eventual indisposición; generando en ella no otro efecto que uno completamente placebo.

Y "la sombra" de alguna manera había sido conocedora de esa información. Se había adentrado en su casa y había introducido algún tipo de sustancia en el interior de su vacuna.

Salió afuera, y pudo comprobar que el perro aún seguía fuera de sí, inconsciente, de modo que no tuvo que preocuparse por darle otra pequeña dosis de ultrasonidos y dejarlo de nuevo fuera de juego. Según sus cálculos, no obstante, debería volver en sí en pocos minutos. Se alejó de la puerta principal a través del jardín, volvió a saltar la valla como si nada le costase y se ocultó entre varios coches que estaban estacionados al otro lado de la calle, observando desde esa posición al maltrecho animal. Debía esperar y cerciorarse de que el animal volvía en sí y que no continuaba desvanecido en el momento en que la consejera tuviese que salir de casa para irse al trabajo. En ese caso, posiblemente sus tiempos se modificarían levemente, podría retrasar su llegada al museo y todo el plan que "la sombra" le tenía preparado se iría al traste.

Eran poco más de las siete y media cuando el perro seguía estirado en el suelo, inconsciente. "La sombra" empezaba a preocuparse. En realidad aquel efecto le debería haber durado apenas unos minutos, tratándose de un perro joven y fuerte; pero la cosa se estaba alargando demasiado. El sol hacía ya un rato que había hecho acto de presencia y a "la sombra" le preocupaban que la consejera se despertase temprano y saliese a saludar al animal.

Llegaron las diez de la mañana. Diversas eran las ocasiones en las que "la sombra" había tenido que salir de su escondrijo, para ocultarse un poco mejor entre unos matorrales de un descampado ubicado algo más apartado y de esa manera no ser vista por numerosos vecinos que ya habían iniciado sus actividades. La consejera no había salido al exterior a comprobar el estado de sus canes, pero sí estaba ya despierta, pues la pudo divisar a través de las ventanas. Por primera vez en mucho tiempo, algo empezaba a intranquilizar a aquel ser despiadado y meticuloso. Pero no le preocupaba no poder eliminar a aquella mujer, en realidad aquello era lo que menos le importaba. Lo que le realmente le importaba era poder cumplir su plan, obtener una resolución digna de un maestro, de una mente perversa, fría y tremendamente calculadora. Se creía un ser perfecto y dominador de todo lo que le rodeaba. Nada debía ni le saldría mal jamás.

No faltaban muchos minutos para que la consejera saliese a la luz del día, de lo contrario seguro que llegaría tarde a la recepción; y junto con el presidente de la *Generalitat*, ella era la máxima protagonista del evento. Y "la sombra" empezaba a desesperarse. La actividad de la calle se había calmado bastante, apenas se sentían algunos pajarillos trinar alegremente y "la sombra" pudo escuchar con total claridad unos pasos decididos y firmes. Repiqueteo de tacones. Estaba a punto de salir de casa. No sabía qué hacer, si la consejera modificaba sus planes habría perdido su oportunidad del día. Hacía mucho tiempo que no actuaba y tenía sed criminal. Notó como los pasos se aproximaban hacia la puerta principal, podía intuir cada uno de sus movimientos, como si estuviese dentro, junto a ella. El perro no se inmutaba, quieto, petrificado en el suelo, estirado en el mismísimo portal de la casa. El pomo de la puerta comenzó a girar suavemente, la puerta empezó a abrirse. "La sombra" pudo divisar una de las piernas de la consejera, la cual vestía una elegante falda oscura, no demasiado larga ni demasiado corta. Una mano asomaba sujetando el borde de la puerta. "La sombra" temió lo peor. De repente la puerta volvió a cerrarse. Respiró aliviada. Algo debía haberse olvidado y cerró para ir a cogerlo.

Efectivamente, la consejera se había olvidado lo más importante, las vacunas para su alergia al marisco. Por poco los planes de "la sombra" se ven truncados de la manera menos esperada.

Tardó pocos segundos en recogerlos y dirigirse hacia la puerta principal. El mismo movimiento de antes. El mismo pomo girando. La misma forma de abrir. La misma pierna. Los mismos zapatos… "La sombra" dio un puñetazo contra el suelo cuando la puerta se abrió de par en par y la consejera miró hacia el exterior, observando la luz del día y si el cielo estaba cubierto o no de nubes, cosa que pudo comprobar afirmativamente, estaba a punto de diluviar. "La sombra" agachó la cabeza, mirando hacia el suelo, indignada. Todo estaba perdido. La consejera inclinó la cabeza hacia abajo para saludar a su apreciado perro, en el mismo momento en que "la sombra" volvía a fijar la vista en ambos y maldecir en la distancia al desgraciado perro que le había enviado al traste sus planes.

Casi no lo podía creer. El perro, de repente volvió en sí, saludando a su dueña como si nada hubiese pasado. Aunque las sensaciones del perro eran de aturdimiento, el pobre animal lo asociaba a haber estado dormido.

A "la sombra" le dieron ganas de saltar de alegría. Esa mañana no podía actuar bajo su forma habitual. Las circunstancias la habían obligado a encenderse como un mechero y no pudo mantenerse fría y calculadora. Y sabía que de esa manera se arriesgaba más y que podría cometer algún error más fácilmente.

Ahora el tiempo, aunque más a su favor, seguía en su contra. "La sombra" sabía que la consejera había salido con el tiempo justo de casa, que la hora de la recepción se acercaba y que era una mujer puntual. Y por otro lado, el resto de su plan debía seguir en el orden y tiempos establecidos. Sabía que el repartidor del poco material que faltaba para el catering, estaría a punto de salir de su almacén para hacer su entrega. Debía estar allí antes de que eso sucediese.

Arrancó a correr, ágil como una gacela huyendo del guepardo, oculta entre los coches y oscura e invisible a los ojos de la gente, cual sombra de árbol mecida por el viento. Enseguida se plantó frente a un gran coche, de color negro reluciente, que se encontraba aparcado unas calles más abajo. Subió en él y arrancó apresuradamente. Salió de la forma más tranquila posible, para no llamar demasiado la atención. Empezaba a llover. Lo que en un principio parecía una ligera llovizna, enseguida se convirtió en una terrible tormenta, plagando el cielo de relámpagos y truenos ensordecedores. Eso le daba más margen por un lado, pues sabía que todo se ralentizaba cuando llovía, pero por otro lado le preocupaba, porque quizá el tráfico se lo pondría más difícil en ese caso.

Inició el descenso por la carretera que va desde Vallvidrera a Barcelona. Carretera plagada de curvas, a izquierda y derecha, que convertían la bajada en un verdadero slalom en un día lluvioso, haciendo patinar a cualquier vehículo que se prestase a descender a alta velocidad. Y así fue. "La sombra" tuvo que poner a prueba toda su pericia al volante. Su coche culeaba de un lado para otro como si de una atracción de feria se tratase. Bajaba a una velocidad vertiginosa. Como vertiginosos fueron dos de los adelantamientos que efectuó en pleno descenso. ¡Allí era imposible adelantar! Pero "la sombra" no bajaba el ritmo, jugándose el tipo en cada curva, en cada golpe de volante. Sabiendo que un fallo podría no solo tirar por la borda su plan, sino hasta su propia vida, tras caer por alguna de las empinadas vertientes que había en el lado izquierdo de la carretera. Pero no le importaba, lo único que deseaba era cumplir su cometido. Ser el Dios que todo lo dominaba. Ser el ser omnipotente y omnipresente que controlaba hasta el más mínimo detalle de todo lo que se proponía. Ser la más perfecta creación y seguir teniendo la capacidad de abortar, manipular y anular los más estudiados y desarrollados sistemas de seguridad que existiesen sobre la faz de la tierra.

El tráfico finalmente no supuso un problema a la hora de circular por la ciudad. Hacía ya unos días que los niños habían acabado las clases, comenzando sus ansiadas vacaciones de verano, y todo se había calmado bastante. Teniendo en cuenta que tenía que atravesar el distrito con más colegios por metro cuadrado de toda Europa, era un tema que le preocupaba y debía considerar.

En pocos minutos se plantó en las inmediaciones del almacén de la empresa de catering. Volvió a estacionar su vehículo, algo alejado en un garaje público cercano y caminó ágilmente hasta la puerta de entrada. En cuestión de segundos, justo antes de abrir la puerta con una de sus ganzúas, vio como el gran portalón metálico de acceso a vehículos se abría. Era tarde. Empezó a asomar el morro la furgoneta de reparto. "La sombra" pasó por delante, agazapada como una alimaña y se situó a lado del copiloto. Debía modificar ligeramente su plan de acceso al furgón. Cuando el portalón estuvo abierto completamente, el vehículo inició de nuevo su marcha. Y fue en ese preciso momento cuando de un movimiento fugaz, "la sombra" abrió la puerta del copiloto, sorprendiendo al conductor y sujetándole con una mano la boca a la par que con la otra le intimidaba clavándole la punta de un afilado machete en su costado. El resto fue fácil hasta la llegada del museo.

21

Todo estaba saliendo tal y como estaba planeado. Cada uno de los empresarios y políticos habían accedido al recinto, tras efectuar su correspondiente posado y forzada sonrisa a las cámaras de los medios de comunicación, que esperaban expectantes en el exterior del museo.

Tras la visita, todo el mundo aguardaba a que diese lugar el inicio del catering y de esa manera, ya lejos de los indiscretos objetivos de las pocas cámaras que habían tenido acceso al interior, poder relajarse un poco más y disfrutar de la calidad de los alimentos preparados y de un buen vino de las tierras catalanas.

El gran momento se acercaba. Tras su pequeña pantalla de seis pulgadas, "la sombra" esperaba expectante. Comprobaba cada uno de los movimientos de los allí presentes, de cada una de las personas que se encontraban en la sala polivalente, en la sala escogida para la recepción de inauguración. Sentía que tenía el poder absoluto, el control total. Nadie se imaginaba que un ser, totalmente ajeno a la entidad del nuevo Museo de Impresionismo de Barcelona, estaba allí, controlándolos. Y que lo estaba haciendo con las mismas cámaras, con el mismo sistema de seguridad que se había instalado para evitar cualquier tipo de crimen que pudiese tener lugar en el interior; pero sobre todo para evitar los robos.

La cortinilla que cubría la placa conmemorativa tardó apenas unos minutos en ser descubierta por el presidente de la Generalitat de Cataluña, flanqueado por la consejera de cultura que estaba ubicada a su derecha. Todo el mundo aplaudía y sonreía. "La sombra", a su vez, miraba impasible, inmutable ante el espectáculo que estaba viendo en la pequeña pantalla. La verdad era que no tenía nada en contra de los allí presentes; es más, le daban igual. No tenía nada en contra de ninguna de las víctimas que habían sucumbido a sus delirios de grandeza, a sus demostraciones de poder, a sus estrambóticas formas de matar. Lo único que le preocupaba era el espectáculo, su espectáculo, donde ella era la verdadera protagonista; aunque una protagonista invisible, una sombra dispuesta a no ser vista por el ojo humano.

Sabía que se acercaba el momento de la verdad. Tras los correspondientes aplausos, todo el mundo empezó a dispersarse por la sala. Los camareros hacía pocos segundos que habían comenzado su labor, repartiendo bandejas a un lado y a otro. Y fue en éste momento cuando la consejera se desmarcó del presidente, sus escoltas y alguna que otra personalidad más y se dirigió apresuradamente hacia una de las puertas que daban a la sala y sobre la cual había un pequeño rótulo con las siglas "WC" y una pequeña flecha de color verde que indicaba la dirección a seguir.

Tardó poco en llegar hasta los servicios, que se encontraban al final de un pequeño pasillo, junto a unas escaleras que ascendían y descendían a las plantas superiores e inferiores respectivamente. Entró y enseguida extrajo de su pequeño bolso el estuche que contenía el frasquito con la vacuna sublingual para combatir su alergia al marisco. Lo abrió y se tomó algunas gotas.

168

En menos de dos minutos, la sustancia que "la sombra" había introducido dentro del frasco inició y llegó a su total efecto sobre el cerebro.

La *escopolamina*, más conocida como burundanga, no tardaba demasiado en actuar. Aquel alcaloide *tropánico*, extraído de plantas como la belladona, se convertía en una droga altamente tóxica, que actuando directamente como depresor de las terminaciones nerviosas y del cerebro, la convertían en el arma ideal para doblegar durante una o dos horas la voluntad de la persona que entrase en contacto con ella.

Y la consejera la tomó de la forma más eficaz y de más rápida absorción posible; mucho más que si la hubiese inhalado o tocado, aunque para ello hubiese hecho falta una muy alta cantidad y una fricción continuada. Ella la había ingerido combinada con su vacuna. Y el efecto fue rápido y voraz, hasta tal punto que "la sombra" temió haberse sobrepasado en la dosis, dado que la consejera tardó más de lo previsto en volver a abrir la puerta del baño y salir al pasillo.

Minutos después de ingerir la burundanga, la consejera empezó a sentir como su lengua se tornaba semblante a la de un gato, resecándose en extremo y volviéndose algo áspera. La luz empezó a molestarle y sintió como su corazón se disparaba en una leve taquicardia. También notó un extraño calor y una rara somnolencia.

Los síntomas no le duraron demasiado a ese nivel, pensó que simplemente se trataba de una puntual indisposición, del algún tipo de reacción al medicamento y poco después salió del lavabo aún aturdida. Cuando, en ese preciso momento, su teléfono empezó a sonar. La voz le resultaba desconocida. No sabía precisar si se trataba de un hombre o de una mujer, ya que le sonaba fría, sin entonación, neutra.

Sumisa a las palabras y a las órdenes de aquella voz al otro lado de su teléfono móvil, la consejera no tardó en llegar hasta el último almacén de la planta más inferior del edificio; ajena a la vista de los vigilantes de la sala de control de cámaras, ya que "la sombra" estaba manipulando todo el sistema. Alejada de su propia voluntad. Abrió la puerta y se estiró sobra la caja que le habían preparado, obedeciendo cada una de las órdenes que "la sombra" le transmitía a través del teléfono primero. Aunque en pocos minutos apareció en escena, ató a la consejera con las vendas que había colocado y se marchó. Ese sería su fin.

22

Veinte días duraba la exposición temporal de Vincent Van Gogh en el Museo de Impresionismo de Barcelona. Días en los que nadie perteneciente al personal del museo tuvo la necesidad de bajar por los almacenes donde se encontraban embalajes y demás elementos relacionados con el transporte. Veinte días en los que la consejera había estado en aquél pequeño habitáculo encerrada.

Inanición. Ese fue el motivo de su muerte. Agotamiento en el más puro estado. Hambre y sobretodo sed, mucha sed. Una muerte atroz y terriblemente cruel.

Por poco sufre un vahído el pobre transportista que se encontró el cuerpo allí dentro, cuando se disponía a recoger dos de las cajas que le faltaban para el último par de cuadros que debía retirar. El olor era insoportable y el espectáculo visual dantesco. Aunque la temperatura y el aislamiento de la sala habían permitido que el cuerpo se conservase en bastante buen estado, la descomposición había iniciado su proceso; y la aparición del ácido butírico en el cadáver había propiciado el afloramiento de los primeros coleópteros y lepidópteros.

–Debemos tratar éste asunto con la mayor discreción posible inspector González –dijo el consejero de interior–. Debemos evitar que ésta muerte salga a la luz pública a través de la prensa. Sino la gente empezará a obsesionarse y preocuparse por su seguridad. Ya van demasiadas muertes. Por otro lado tiene veinticuatro horas para presentarme sobre ésta mesa algo que sea relevante para la resolución del conflicto, en caso contrario me veré obligado a tomar medidas. Y le advierto que éstas medidas pueden ir desde apartarle del caso, hasta enviarle al rincón más apartado de esta comunidad a vigilar un rebaño de vacas. Así que usted mismo, debe ponerse las pilas.

Al inspector se le dilataron las pupilas y su cabeza cabizbaja se sumaba a su estado apesadumbrado. Él estaba más preocupado y dolido por la muerte de otra persona inocente, que nada había hecho para ser merecedora de ese destino, que por su propio futuro.

Pero de nada sirvieron las palabras del consejero de interior. Al día siguiente, la portada de dos de los diarios más importantes del país, se hacían eco de la suculenta noticia, que bien seguro que les haría ganar cuantioso dinero con la venta de infinidad de ejemplares. Alguien debió filtrar lo sucedido, provocando que enseguida los voraces periodistas empezaran a conjeturar y a expandir todo tipo de comentarios y teorías.

La situación se tensaba por momento y el inspector González estaba rozando el límite de la desesperación total.

Cuando llegó al despacho de Cristian, éste ya tenía toda la mesa repleta de diarios que Emma había comprado había comprado hacía unos instantes.

–Cristian, debemos hacer algo. Me importa un carajo mi destino, es más, me la trae al pairo si trabajo o no, de hecho me estoy planteando retirarme al finalizar toda esta mierda. Lo único que quiero es que no muera nadie más y atrapar a ese hijo de puta o quién diablos sea que nos está volviendo completamente locos –dijo González.

–Es lo que queremos todos desde hace tiempo amigo mío, pero… Dios, es que no deja un solo rastro… – contestó Cristian, con la vista perdida sobre los diarios.

–En fin… Vamos, recoge tus cosas, nos vamos al museo. He hablado con uno de los vigilantes encargados de controlar las cámaras y le he pedido que nos prepare las grabaciones del día de la inauguración. Según lo que me ha comentado el médico forense, parece ser que la fecha de la muerte fue esa. De hecho nadie recuerda haber visto salir a la consejera ese día y lo más probable es que coincida.

Pasaron horas mirando cada una de las grabaciones de cada una de las cámaras que controlaban el complejo del museo. Aparentemente todo estaba en orden hasta el momento. Empezaron desde las cinco de la madrugada del mismo día de la inauguración y ya llevaban visualizadas todas las cámaras perimetrales del exterior, justo hasta el momento en que todos los asistentes estuvieron dentro.

Las del interior les llevaron mucho más trabajo y muchas más horas. Había infinidad, colocadas por todas partes, en todos los pasillos, todas las galerías, todos los almacenes… Y debían comprobar cada una de ellas minuto a minuto, segundo a segundo.

En el momento de visualizar las imágenes que habían registrado los minutos después a la descubierta de la placa conmemorativa, ambos se centraron en los movimientos de la consejera, que con paso decidido se dirigió al baño. Comprobaron que allí pasó unos minutos, sin poder ver lo que sucedió en el interior, ya que los lavabos eran el único lugar donde no había instalada ninguna cámara de seguridad por cuestión de intimidad. Cuando momentos después vieron que salió y en lugar de volver sobre sus pasos, comenzó a bajar por las escaleras.

A partir de ese momento todos los presentes en la sala de control de cámaras se miraron estupefactos. ¿Dónde se había metido? Las cámaras de las plantas inferiores no registraron en ningún momento el paso de la consejera. Era como si de repente se hubiese convertido en un fantasma. Volvieron una y otra vez a poner las grabaciones de todas las cámaras. Pero nada. No se explicaban dónde se había podido meter. Incluso bajaron personalmente a comprobar *in situ* que no había ningún acceso entre ambas plantas. De nuevo nada. Se había esfumado. Y la sala del almacén donde encontraron el cadáver de la consejera, en todo momento se podía observar vacía.

No tardaron en llegar a la conclusión que alguien había modificado el funcionamiento del sistema de grabación, alterando el contenido de las imágenes y poniendo en su lugar un proceso repetitivo en forma de bucle infinito. Les habían vuelto a burlar en lo referente a los sistemas de seguridad. Con total certeza, seguro que se trataba del mismo autor que en los crímenes anteriores, el cual era sin ningún tipo de duda todo un especialista en sistemas electrónicos y de vigilancia. Lo burlaba siempre todo a su antojo y nunca dejaba huella. Y no conseguían explicarse como lo hacía. Ni tan solo un pequeño grupo de expertos que llevaron a la sala de control para examinar la forma en la cual las imágenes podían haber sido alteradas, dio con la clave del dilema. Verdaderamente a la persona o personas que se enfrentaban, estaba o estaban a un nivel muy por encima de ellos.

Pero la sorpresa del día no había hecho más que empezar. Puesto que tras desistir en lo referente a encontrar la forma de saber cómo todo había sido manipulado, siguieron visualizando el resto de imágenes.

Cristian y el inspector González se miraron sin dar crédito a lo que acababan de ver sus ojos. Por un momento no hicieron falta las palabras. Ni tan solo al inspector González le hacía falta tener el don que Cristian poseía. Ambos se hablaron en silencio y se transmitieron de una forma fugaz todos sus pensamientos, miedos y asombro.

Le había llegado el turno a visionar las grabaciones correspondientes a la salida de cada uno de los asistentes, tanto de las cámaras interiores como de las perimetrales exteriores. Y poco antes de que empezasen a salir los primeros invitados, una persona que les resultó familiar, conocida, salió por una pequeña puerta de servicio ubicada en la parte posterior del museo, en la nave cercana al gran portalón de acceso para las mercancías. Se trataba de Tina, Tina Stevenson, la margariteña amiga de Cristian y encargada de los laboratorios de balística de la policía. La cual llevaba en sus manos una pequeña mochila de color negro y vestía un mono totalmente oscuro. Ésta abrió la puerta sigilosamente, miró a un lado y a otro y salió apresurada hacia el otro extremo de la calle, alejándose del campo de visión de las cámaras de seguridad.

Inmediatamente todas las miradas de los que se encontraban presentes en la sala de control se posaron

175

sobre el vigilante de controlar esas cámaras ese mismo día. Al cual no le hizo ninguna falta que nadie lanzase la pregunta al aire:

–No…n…no había visto esa imagen… ¡Son muchas cámaras las que tengo que controlar! ¡Sale muy deprisa!

Algo estaba pasando. Revisaron de nuevo todas las imágenes y vieron que solamente se captaba el momento en que Tina salía por la puerta. Pero en cambio, no existía ninguna grabación del interior de la zona de almacenes. De la misma manera que no se captó ninguna imagen de la consejera a partir de su entrada en las escaleras, no se había captado momento alguno de Tina en el interior del edificio.

Miles de preguntas se agolparon en la mente de Cristian y del inspector González. ¿Sería Tina la autora de todos los asesinatos? Si no era así, ¿qué diablos hacía en el museo y por qué salía de forma tan apresurada a la par que sigilosa del mismo? Si ella era la autora. ¿Por qué no había bloqueado y/o alterado las imágenes exteriores perimetrales? De hecho, debía haberlo hecho a la hora de entrar, porque habían comprobado todos los contenidos desde altas horas de la madrugada y no se le había visto entrar. ¿Había cometido un error? ¿No sería tan perfecta después de todo?

Aunque Cristian tenía en su mente alguna pregunta más y muchísimas dudas. ¿Cómo era posible que si ella era la autora de cada uno de los crímenes pasados, no lo había podido detectar a través de su mirada? ¿Era capaz de burlar la capacidad que tanto él como Emma tenían? Cientos de dudas que se agolpaban en su cabeza y que no le estaban dejando pensar con claridad.

Rápidamente salieron del edificio, subiendo al coche del inspector González, que no lo dudó ni un minuto sacó al exterior del vehículo la luz rotativa prioritaria y encendió la sirena. Y se marcharon chirriando ruedas a toda prisa.

No habían pasado ni cinco minutos cuando se plantaron frente a dependencias de la policía científica. Subieron corriendo por las escaleras hasta la tercera planta, donde se encontraba el laboratorio de balística y preguntaron por Tina a la primera persona que vieron. Ella no estaba allí, el intrigado compañero de la investigadora les manifestó que hacía unos días que no había ido a trabajar y que a él no le habían explicado los motivos. Cosa que aún preocupó más a la pareja de amigos, que inmediatamente se desplazaron a la planta superior del edificio, para hablar con el inspector encargado de la unidad de policía científica. Diciéndoles éste que su subalterna le había solicitado unos días de permiso y no sabía dónde podía haber ido, que no solía curiosear en la vida privada de sus agentes.

Salieron cual alma que lleva el diablo de allí y volvieron a subir al vehículo del inspector, el cual, conduciendo a toda velocidad, llegó hasta el domicilio de la doctora Stevenson.

—¡Maldita sea! —gritó González indignado y cargado de impotencia. Por primera vez sentía que habían obtenido alguna cosa y que la mala suerte de nuevo se les estaba plantando ante sus mismísimas narices, al no encontrar a su primera sospechosa con indicios reales, en tanto tiempo de investigación. Aunque la idea de pensar que la autora era una buena amiga le ponía los pelos de punta.

23

Eran las seis y media de la tarde y el consejero de interior meneaba la cabeza de un lado para otro, como queriendo negar lo evidente. Tenía los nervios de punta. Había recibido llamadas de todas partes que le presionaban a encontrar al asesino de ipso facto. Y realmente tampoco sabía qué hacer. Era perfectamente sabedor que la persona encargada de la investigación era el mejor candidato para dar con la resolución del problema. Sabía que en todo el cuerpo policial no existía un solo hombre con sus facultades y su profesionalidad. Y en el fondo le había dado muchísima rabia tener que hacerlo venir a su despacho y apretarle las tuercas de una forma tan radical. ¿Pero qué otra cosa podía hacer? El sistema funcionaba así, el pez grande debía comerse al chico y así sucesivamente. De hecho le hubiese encantado haber podido encontrar otra solución, pero en ésta ocasión el inspector González había tenido que asumir el papel de pequeño pez en un océano que parecía ser que le venía demasiado grande. Les venía demasiado grande a todos. Y sólo un tiburón estaba poniendo en jaque a todos los seres que habitaban sus aguas, haciendo y deshaciendo a su gusto.

Aún estaba sumergido en sus cavilaciones, observando distraído su reloj, cuando sonó el teléfono. La llamada venía de recepción. Y cuando aún no había colgado el aparato, la puerta de su despacho se abrió bruscamente y el inspector González irrumpió sin ni siquiera llamar, dejando al consejero perplejo.

–Inspector González... –dijo el político calmosamente, esta vez con la voz y la mirada algo más relajada que en su primer encuentro–. ¿Usted cree que éstas son formas de entrar en el despacho de alguien?

–Tengo algo –contestó el sudoroso policía, sin ni siquiera pedir disculpas.

El consejero se lo quedó mirando, volviéndose a convencer de que sin duda ese hombre que estaba frente a él era el mejor policía con el que había tenido ocasión de toparse. Y asimilando que realmente le daban igual sus formas, no le importaban lo más mínimo. Era un agente de la vieja escuela, un verdadero caimán en el cuerpo y sin duda una persona poseedora de unos valores y una técnica capaz de dejar en evidencia a cualquier otro profesional del ramo que se le pusiera por delante. Pero aún así, él debía hacer su papel. Todos debían asumir su rol y jugar la partida como correspondía, como estaba mandado hacer.

–Inspector... –volvió a iniciar con un tono altamente condescendiente–. Me parece que usted realmente quiere irse a pastorear con las vacas al nuestro queridísimo Pirineo –añadió mientras extendía su mano con la palma hacia arriba, indicándole de esa manera que tomase asiento.

González se sentó y aguardó a que el consejero retomase la conversación, dándose cuenta en ese momento de que quizá su llegada y puesta en escena en el despacho del consejero no había sido la más apropiada.

–Adelante, cuénteme. ¿Qué es lo que tiene? Si llego a saber que iba a obtener resultados tan rápidamente, le cito antes en mi despacho.

–Consejero, ha sido pura casualidad, no le voy a engañar. Pero el caso es que creemos tener algo –respondió el inspector.

–¿Creen tener? Sigue trabajando con Cifuentes entonces, ¿no es así?

–No y sí, señor. Cifuentes me echa una mano siempre que toca, pero ésta vez estoy colaborando con un viejo amigo.

–¿Un agente de su unidad? –preguntó el consejero de interior.

–No… de hecho es investigador privado –contestó González, dubitativo respecto a si la respuesta sería del agrado del consejero.

–Un investigador privado. Vaya, yo pensaba que la policía no se llevaba bien con los investigadores privados –dijo el consejero.

–La vida está llena de tópicos señor. Y Cristian es un buen amigo mío y tengo total confianza en él.

–Está bien inspector, no hace falta que me dé más explicaciones. Quizá no debería decirle esto, pero lo cierto es que no dudo de su profesionalidad. Y espero que siga actuando así en lo venidero. Es usted mayorcito para utilizar todos los recursos que sean necesarios para solventar éste maldito problema. Ya que, como usted sabe y está pudiendo comprobar, cualquiera de nosotros podría estar en el punto de mira de ese malnacido.

–O malnacida… –interrumpió González.

El consejero se quedó callado, mirando fijamente a su subalterno. Estaba procesando las dos palabras que le acababa de manifestar.

–¿Malnacida? ¿Me está diciendo que el autor de toda esta basura es una sola mujer? –Preguntó algo más excitado el consejero.

–Eso creemos. O al menos nuestra primera y única sospechosa, sí, es una sola mujer. Aunque desconocemos si trabaja con alguien más. Bueno, de hecho desconocemos si realmente ella ha sido la autora de todo esto. Pero al menos tenemos una primera línea de investigación a seguir –dijo González.

–No sé por qué inspector, pero me da que lo sucesivo que me va a contar, no me va a gustar en absoluto. ¿Me equivoco?

–Creo que no… –añadió el inspector, mirando fijamente a su interlocutor.

Durante unos minutos el inspector de policía explicó al consejero de interior todo lo que habían podido ver en las cámaras de vigilancia. Explicó que habían estado en la unidad de la policía científica y que también habían estado en el domicilio de la doctora Stevenson. Finalizando en comentarle que había ordenado que se colgase una requisitoria policial de búsqueda y detención de la investigadora.

Durante los días sucesivos, la prensa se encargó de agotar todos los posibles detalles que fueron capaces de rapiñar. Sacaron punta a todo lo que pudieron referente a la muerte de la consejera de cultura y miraron de encontrar de cualquier forma una relación con los casos anteriores. Diciendo también la suya todos los programas sensacionalistas y del corazón, que siempre que observaban un tema del cual podían sacar tajada, ponían en marcha sus acaloradas tertulias con unos protagonistas que no tenían nada que ver y que por supuesto no tenían la más absoluta idea del tema. Pero todo eso vendía y generaba muchísima audiencia y a las cadenas de televisión era lo único que les interesaba.

Cristian y el inspector González tuvieron que jugar durante cerca de dos semanas al escondite, ya que los molestos *paparazzis* les vigilaban constantemente y miraban de seguir todos sus pasos, intentando sacar algún tipo de información candente para sus desordenados programas sensacionalistas. Afortunadamente el seguimiento de Tina Stevenson no había salido a la luz pública y nada sabía la prensa que la doctora estaba en el punto de mira de los investigadores. No obstante, la doctora seguía sin aparecer, como si la tierra se la hubiese tragado.

Fueron varios los intentos que hicieron tanto Cristian como González de contactar con ella telefónicamente, con resultados negativos. El teléfono no daba señal. Empezaban a sospechar que la investigadora se había dado cuenta de su error y que había decidido borrarse del mapa, escapar y esconderse para siempre. Y eso les dejaba intranquilos, porque un ser así tarde o temprano volvería a tener despiertos sus instintos y seguro que volvería a actuar, la cual cosa supondría la muerte de otra persona inocente, o incluso varias.

24

La ciudad parecía haberse convertido en el oeste americano en la época de los vaqueros. Un extraño silencio reinaba la mayor parte del día, en el cual el volumen de ruido de los vehículos se había reducido a niveles espectaculares. La ciudad se había quedado desierta, habían llegado las esperadas vacaciones para la gran mayoría de habitantes de la concurrida urbe. Agosto figuraba escrito de nuevo en la actual página de todos los calendarios y también de nuevo, de una forma casi milagrosa, convertía a Barcelona en un lugar más que agradable de transitar, a pesar del espeso calor que se clavaba en cada edificio, en cada metro cuadrado de asfalto y acera. Sin lugar a dudas parecía un pueblo gigantesco, donde la ausencia de grandes masas de gente y de vehículos la tornaba una ciudad totalmente diferente.

Todos habían decidido tomarse el día libre. Aunque prácticamente no sabían qué hacer o cómo seguir, los investigadores no dejaron de trabajar ni un solo minuto desde el día de la visualización de las imágenes en el museo. No dejaron de mover cielo y tierra intentando localizar a Tina. Pero nada, era imposible, no aparecía. Por eso aquel día habían decidido descansar y que cada cual hiciese lo que le viniese en gana.

Cristian no lo dudó un segundo y cogió todos sus bártulos de pesca y se fue al espigón más remoto que pudo encontrar de la costa brava. Quería estar lejos de todas partes, de todo el mundo, incluso hubiese deseado estar lejos hasta de sí mismo.

El inspector González tampoco lo dudó y se marchó bien temprano a una vieja casa que sus padres le habían dejado en herencia ya hacía algunos años y la cual se encontraba en un escondido lugar del Pirineo catalán, cerca de la frontera francesa.

En cambio, Emma no tenía muy claro dónde ir. En un principio había pensado escaparse con Cristian, hacía mucho tiempo que no hacían nada juntos, sólo trabajar. Y echaba de menos esa intensidad en la relación con la persona que más quería de éste mundo. Pero por otro lado, y nunca mejor dicho, pudo ver en sus ojos a un hombre que necesitaba estar en paz consigo mismo. Ambos habían pasado por demasiadas cosas y en ocasiones el ser humano necesitaba reencontrarse, para de ésta manera, poner en orden sus ideas, sus pensamientos y sus sentimientos. De modo que ni siquiera le preguntó si podía ir con él o si lo deseaba; no les hacía falta, un solo cruce de miradas y ya estaba todo dicho. Además, la pesca no figuraba entre su lista de prioridades y aficiones favoritas. De hecho jamás había ido a pescar y no le llamaba la atención lo más mínimo el estar todo el día plantado frente al mar con una caña en la mano. No, debía quedarse y buscar su propio plan.

Eran las once de la mañana cuando Emma aún no había decidido qué hacer con su día de desconexión. No se acababa de decidir. Claramente debía salir de Barcelona, en agosto pocas cosas podía encontrar abiertas y la opción compras estaba descartada. Además, sabía que si se quedaba en la ciudad, seguramente algún periodista insistente le seguiría como un perrito faldero, intentando conseguir alguna exclusiva; aunque bien era cierto que la presión al respecto parecía haber aflojado. Pero estaba claro que algo tenía que hacer, no podía dejar escapar un día de relax así.

Finalmente Emma decidió escaparse a una población cercana, la cual disponía de una piscina municipal que normalmente no estaba muy concurrida. Sabía que allí podría estar tranquila y al menos podría intentar coger un poquito de color en su piel, ya que ese año lucía un blanco brillante que parecía iluminarla como una farola.

Pasó allí todo el día, del agua al césped y del césped a la pequeña terracita del bar. Ya hacía rato que había perdido la noción del tiempo, la cual sólo pudo recuperar cuando empezó a ver que el sol iniciaba su inevitable despedida. Una vez más se marchaba del plano celeste y se retiraba a sus aposentos para descansar y volver al día siguiente con renovadas fuerzas. A Emma el día se le había antojado demasiado corto. Se retiró a las duchas, se vistió y tranquilamente salió del recinto volviendo a su vehículo.

Pocos minutos llevaba al volante descendiendo por la pequeña ladera de una de las montañas que se encontraba a mitad de camino entre el pueblecito en el que acababa de estar y la ciudad de Barcelona. Cuando en ese momento una casa que estaba ubicada al lado derecho de la calzada le llamó la atención y redujo la velocidad notablemente para poder contemplarla. Estaba aislada, apartada de todas las poblaciones y a Emma se le antojó llena de encanto. Las vistas de las que disfrutaba eran excepcionales y su construcción, toda de madera y acabados en piedra, le pareció estupenda. Soñó por un instante en llegar a tener algún día una vivienda así para compartir con Cristian. Se adentró en pensamientos de todo tipo, imaginándose metida con la persona que amaba en un enorme *jacuzzi* ubicado en la buhardilla, y haciendo el amor noche tras noche con él, mientras que desde esa posición perdía su mirada a través de un gigante ventanal ubicado en el techo, contemplando las estrellas.

Aún no había dejado de soñar despierta, cuando justo antes de dejar atrás la bonita casa, vio que alguien salía de ella y la observó fijamente.

Un gélido frío la atravesó completamente.

Sintió miedo.

Miedo voraz.

Por acto reflejo su pié derecho clavó el pedal de freno y se quedó petrificada intercambiando su mirada contra la persona que estaba saliendo de aquella casa.

En ese momento, todo su cuerpo se estremeció, sus manos empezaron a temblar, su pulso se agitó como jamás lo había hecho. Un sudor frío y abundante asomó primero en su frente y en milésimas de segundo comenzó a brotar por cada poro de su cuerpo. Sus piernas se habían quedado rígidas, como estacas. Y por más que lo intentase, no era capaz de pestañear, inamovible de aquella postura, de aquel lugar, de aquel momento.

Tardó pocos segundos en reaccionar, pero parecieron una eternidad, dada la intensidad de sus sensaciones. Cuando pudo volver en sí, metió la primera marcha en su coche. Sin pensarlo soltó el embrague y aceleró tan bruscamente que por un momento parecía que el motor del coche iba a reventar. Enseguida las ruedas giraron tan rápidamente debido a las potentes explosiones que en el motor se generaron, que los neumáticos produjeron un estruendoso chirrido en fricción con el asfalto. El vehículo salió disparado a toda prisa.

Por su lado, la persona con la que se acababa de topar no dudó ni un instante y se precipitó a toda prisa en busca de su potente deportivo. Salió a una velocidad exorbitante y comenzó a bajar la sinuosa carretera, que no tardaría en convertirse en un entramado de curvas cerradas a izquierda y derecha, antes de alcanzar la base de la montaña.

Enseguida tuvo el coche de Emma a la vista, la cual se percató que aquel ser despreciable se había puesto en marcha y la estaba persiguiendo.

Su corazón latía de tal manera que parecía ir más aprisa que el propio vehículo; de hecho podía sentir el pulso latente en su cuello. Sudaba a mares y la respiración estaba tan agitada que apenas sentía que podía inhalar aire. Corría. Corría a toda prisa jugándose la vida en aquella carretera que apenas conocía.

El ser que le estaba persiguiendo enseguida plantó su vehículo en la parte posterior del coche de Emma. Ella tragó saliva. Para nada conducía despacio, pero de cualquier forma su perseguidor conocía la carretera muchísimo mejor que ella.

Sintió un fuerte impacto por detrás. Le acababa de empotrar el coche contra el suyo. Por un momento perdió el control de su querido utilitario y sintió que se despeñaba barranco abajo. Lo pudo controlar y aceleró más la marcha. El cuentarrevoluciones parecía pasarse de vueltas. Fueron dos las ocasiones en las que los bruscos cambios de marcha en el descenso hicieron que se produjesen un par de cortes de inyección, con sus correspondientes explosiones de motor y sus derivados fogonazos salientes del tubo de escape. Corría y corría cada vez más deprisa. Sabía que su vida estaba en juego y debía arriesgarse y no dejarse atrapar por quien la perseguía.

No acababa de pasar un minuto cuando en una curva bastante cerrada a la derecha sintió otro fuerte impacto. Ésta vez la había alcanzado por la parte posterior derecha, justo en el momento en el que estaba iniciando el giro. Pero ésta vez no pudo controlar la maniobra. De repente sintió que se encontraba en el interior de una atracción de feria. Su coche empezó a girar sobre sí mismo, una y otra vez. Había clavado el freno, pero el vehículo, lejos de detenerse, parecía que cada vez se aceleraba más y más. Su perseguidor se había parado y contemplaba el desenlace de la acción que acababa de iniciar. El coche de Emma dio tres vueltas sobre sí mismo, hasta que al final las ruedas de la parte izquierda parecieron clavarse contra el asfalto. Inmediatamente la parte derecha pareció levitar. Las ruedas derechas se levantaron como por arte de magia y, después de dar la sensación de que el vehículo se quedaba petrificado sobre sí mismo en el aire, salió proyectado a toda velocidad dando numerosas vueltas de campana a la par que empezaba a caer barranco abajo.

El ser que la estaba persiguiendo sonrió, mirando a través de la pronunciada pendiente y observando lo que quedaba del coche en el fondo, no demasiado lejos, empotrado contra un árbol que había parado su caída.

Habían pasado seis horas. Sentía que apenas podría abrir los ojos y que le dolía todo el cuerpo. Intentó mover las manos pero notó que las tenía completamente inmovilizadas. Emma creía que estaba muerta. Entre ensoñaciones, giró la cabeza y divisó como una sombra se movía por la misma habitación donde ella se encontraba. Por un momento creyó que estaba en alguna parte del infierno, del purgatorio o a saber dónde. Le costaba pensar con claridad. Aunque, por otro lado, su pierna izquierda le dolía terriblemente. Volvió a perder el conocimiento.

A unos kilómetros más abajo del lugar donde Emma se encontraba, no existía rastro alguno de accidente de tráfico. El punto de la carretera donde se había precipitado apenas dibujaba marcas de neumáticos en el negro y reciente asfalto y además, las vallas quitamiedos brillaban por su ausencia. Al final del precipicio, en el lugar donde debería estar el coche de Emma, solamente se podían divisar un par de árboles aparentemente caídos, cosa habitual en la zona después de las fuertes tormentas del mes anterior. El coche estaba debajo, perfectamente oculto y camuflado.

25

Eran las once de la noche. Cristian hacía más de dos horas que se encontraba en casa. Había pasado por la pizzería y traído las dos pizzas preferidas de Emma. El día había sido estupendo, la pesca había ido de fábula y quería acabar de redondearlo con ella; para ello estaba dispuesto a mimarla y cuidarla durante el resto de la noche. Pero Emma no llegaba, la había llamado un par de veces y como única respuesta había recibido el clásico mensaje de apagado o sin cobertura. Empezó a preocuparse cuando el reloj estaba a punto de aventurarse en un nuevo día.

Cuando las manecillas marcaban la una de la madrugada, Cristian decidió llamar a los principales hospitales de la ciudad. Temía que hubiese tenido algún percance con su coche y que debido a esto no le hubiese podido avisar. Pero tan solo obtuvo respuestas negativas. Llamó al inspector González y le explicó lo que estaba pasando. Éste, a su vez se puso en contacto con uno de sus agentes de comisaría, preguntándole si había habido algún incidente durante el día en el que hubiese estado involucrada la chica. El agente se apresuró a buscar en la base de datos y respondió al inspector de forma negativa.

Cristian se pasó en vela toda la noche. Marcando cada diez minutos el número de Emma en su terminal de telefonía móvil.

A primera hora de la mañana, el inspector González se presentó en casa de Cristian. Por su parte había estado

191

indagando toda la noche, dejando la orden en comisaría que al más mínimo indicio, con la menor pista del paradero de Emma, se pusieran inmediatamente en contacto con él. Incluso ordenó a varias patrullas peinar el distrito calle por calle, callejón por callejón, rincón a rincón. Aunque el resultado final permanecía inalterado, la información acerca del lugar donde podría estar ella era cero.

—Esa hija de puta sabe que vamos tras ella y se la ha llevado –dijo Cristian cabizbajo.

—No podemos estar seguro de ello Cristian. Hemos ido con total discreción.

—¡Idioteces! –gruñó el ojeroso investigador–. Lo primero que hicimos fue preguntar a su superior por ella y a varios de sus compañeros. Estuvimos en su casa. Cualquiera puede haberla puesto en prealerta. ¿Quién nos dice que no hay nadie más de su departamento implicado? ¿Quién nos asegura que las personas a las que hemos preguntado no son tan culpables como ella?

González se quedó pensativo, sabía que las argumentaciones de su amigo no estaban para nada carentes de cierta lógica. Además, tal y como se habían ido dando los acontecimientos, cualquier cosa podía ser posible.

—Cristian, amigo… la encontraremos.

—Más nos vale "Gonzo"… más nos vale… Sino no me lo podré perdonar en la vida. ¡Ella es mi vida joder! –acabó espetando impotente.

Eran las cinco de la tarde. Durante todo el día no había aparecido, eso le generaba intranquilidad. Temía que le hubiese abandonado a su suerte, como hizo con la pobre consejera de cultura. La pierna volvía a dolerle tremendamente y se sentía muy mareada. Pudo comprobar que el bote de suero que tenía colgando de una percha enganchada a un armario cercano se había acabado. Y otro pequeño frasco que rezaba la palabra "Paracetamol" también estaba vacío. Hacía horas que estaba vacío. Además, la vía que tenía colocada en su antebrazo derecho, provocaba que éste le doliese cada vez más.

Hacía horas que había recuperado las suficientes fuerzas como para probar a gritar en varias ocasiones. Pero estaba segura de que eso de nada servía. Desde su posición sólo podía ver una pequeña escalera que se perdía en una cavidad oscura, ubicada en el techo de la estancia. Seguro que se encontraba en una especie de sótano. Estaba totalmente a merced de su captor. Ese ser podría hacer con ella lo que le viniese en gana y en ningún momento nada podría hacer al respecto.

A las siete de la tarde escuchó el característico crujido del suelo de madera al ser pisado. Estaba en la casa. Aguardaba paciente a que bajase hasta donde ella se encontraba. No pasaron muchos minutos hasta sentirse el sonido de un cerrojo y ver como de la oscura cavidad el techo, surgían unos tímidos rayos de luz, dando paso posteriormente a una figura oscura que descendía por la escalera. Se plantó ante ella, llevaba un mono de color negro y pañuelo azul oscuro que le cubría la boca y parte de la nariz.

—Vaya, veo que vuelves a estar despierta —dijo el oscuro ser con una voz excesivamente neutra.

—No hace   falta que te escondas bajo ninguna máscara. ¡Sé perfectamente quién eres, bestia inmunda! —le gritó Emma, a la par que le escupía a la cara.

"La sombra" se pasó el antebrazo para limpiarse con su propia manga. Acto seguido propinó un fuerte guantazo con el dorso de su mano derecha a Emma, sin apenas inmutarse. Emma se estremeció por el impacto.

—Me vas a obligar a eliminarte de una forma aburrida, como sigas así. Y para nada soy una persona aburrida. No me gusta aburrirme. De modo que como no te portes bien, ya puedes ir olvidándote de tus medicinas. De hecho, ya podrás ir olvidándote de respirar, porque antes de que te des cuenta, estarás muerta —dijo impasible el despiadado ser.

Emma tragó saliva. En realidad no había dejado de tener ese miedo atroz, que ya de primeras le invadió en el primer momento que cruzó su mirada con esa persona, si es que se le podía llamar así. Debía mantenerse fuerte, no debía mostrarse débil. Seguro que su compañero y amante no iba a permitir que le pasara nada y daría con esa bestia hasta acabar con ella. Pero también debía aprender a controlar sus impulsos, ya que, aunque tenía la certeza que el destino final que "la sombra" le guardaba, era la muerte, tenía que alargar la llegada de ese momento tanto como le

194

fuese posible. Y justo después de lo que acababa de ocurrir, se daba cuenta de que estaba jugando con fuego y que si provocaba el descontrol de esa persona, la cosa podría acabar muy mal sin ni siquiera haber tenido tiempo suficiente como para disponer de una oportunidad. Además, si la cosa se alargaba, sería mucho más positivo para ella, ya que ahora no estaba en absoluto en condiciones como para desplazarse y actuar por sí misma.

–La próxima vez que no te comportes como debes, te dejo sin medicación. Que te quede claro –dijo impasible "la sombra", mientras le colocaba un nuevo frasco de medicina para el dolor.

–Tengo hambre –dijo ella, en voz casi imperceptible.

–No puedes comer nada –le contestó–, todavía no estás en condiciones.

Emma le miró fríamente, se preguntaba qué estaría preparando, porqué le interesaba tanto curarle sus heridas. ¿A qué se refería con "no querer estar aburrido"?

–¿Qué tengo roto? ¿Dónde he sufrido daños a raíz del accidente? –preguntó Emma.

–Te rompiste la tibia y el peroné. Tienes una fisura en tres costillas de tu costado izquierdo, por eso te duele al respirar. Y diversas quemaduras en tu cara, contusiones y cortes –le contestó "la sombra" de forma resolutiva–. Es un milagro que no te hayas matado –puntualizó finalmente, mientras se daba la vuelta y se perdía escaleras arriba.

A Emma no le dio tiempo a preguntar nada más. La visita apenas había durado unos minutos. Se sentía terriblemente asustada, perdida, vacía. No sabía cuáles iban a ser los sucesivos derroteros de su vida. Se preguntaba si realmente no habría sido mejor haber muerto en el accidente. Pero sus ganas de vivir y la imagen continuada de Cristian en su mente, le hacían evadirse en sus pensamientos y de alguna manera mirar hacia delante, pensando en positivo.

27

La doctora Tina Stevenson seguía sin aparecer. El inspector jefe de la unidad de policía científica no pudo indicarles el día de su vuelta. En la unidad, Tina era una agente totalmente autónoma, funcionaba prácticamente apartada de toda norma, aunque eso no significaba que no las respetase. Pero sus superiores sabían que cuando era necesario ella era la más cumplidora de todos. Se había llegado a pasar días y días de duro e intenso trabajo, apenas sin descanso, cuando el caso había merecido la pena o cuando la urgencia les apremiaba; y jamás se había quejado por ello. De modo que cuando Tina quería descansar, simplemente avisaba de su marcha y jamás ponía fecha de retorno. Era suficientemente inteligente y prudente como para no excederse. De alguna manera parecía tener un reloj interno que le señalaba cuando le correspondía volver y nunca sobrepasarse de las horas que oficialmente le tocaban, tanto de descanso por días de asuntos personales, como por acumulación de horas o vacaciones. Ella lo daba todo y a cambio sus jefes le ofrecían esa flexibilidad que tanto le gustaba y que en el fondo tanto agradecía.

Hacía casi una semana que Emma había desaparecido y faltaban unas pocas horas para que agosto llegase a su ecuador. Por otro lado, Tina hacía casi un mes que no aparecía por su domicilio y el inspector González y Cristian ya no sabían donde seguir buscando. De modo que decidieron dirigirse al museo, a volver a rastrear el lugar de los hechos de nuevo, visualizar una vez más las cámaras de vigilancia y mirar de encontrar alguna cosa más que pudiese habérseles pasado por alto.

Eran las nueve de la mañana. Decidieron dividirse. González debía encargarse de visualizar de nuevo cada una de las imágenes y Cristian se dirigiría a peinar cada uno de los rincones del nuevo Museo de Impresionismo de Barcelona.

La hora del almuerzo se acercaba y al inspector González le empezaba a rugir ligeramente el estómago, apenas había desayunado. Ciertamente llevaba unos días en que le costaba trabajo comer. Pero de tanto en tanto el hambre le apretaba. De modo que cogió su teléfono móvil y llamó a Cristian, que en ese momento estaba en una de las galerías del museo, revisando uno de los pasillos adyacentes. Era la hora de llenar el gaznate.

A los pocos minutos Cristian se había plantado en el piso superior, donde se encontraba la sala de control, pero no había entrado. En su lugar, estaba plantado al final del pasillo, junto a una enorme puerta de madera de roble de un color no demasiado oscuro. El inspector González, al verlo a través de las cámaras, salió de la sala y se fue hasta su posición. Cristian estaba medio agachado y tenía la oreja derecha pegada a la puerta. Al ver que se acercaba su amigo, le hizo un gesto para que permaneciese callado y se quedase quieto a su lado. González obedeció extrañado por el comportamiento de su compañero.

–¡Ya te lo dije la última vez, no pienso decirles nada! –dijo, en voz relativamente suavizada el director del museo al presidente de la principal fundación que lo gestionaba y el cual estaba al otro lado del teléfono.

–Pero Javier, el juego al que estamos jugando es muy peligroso… ¡En cualquier momento la policía va a descubrir que les estamos engañando! –agregó su interlocutor nerviosamente.

–No Robert, eso no va a pasar. Seguro que encontramos la forma de dar alguna explicación convincente cuando llegue el momento –interpuso el director.

–Maldita sea… deberías haber hablado con la policía desde el primer momento. Cuanto más tiempo pase, más van a sospechar que nosotros tenemos algo que ver.

–No señor. Además, la policía sólo contactó conmigo para solicitarme permiso y así poder acceder a la sala de control. En ningún momento se han acercado a mí para preguntarme otra cosa –añadió el director del museo Javier Úbeda, a la par que a Cristian se le tensaban todos los músculos y pegaba con más fuerza aún su oreja a la puerta.

–¿Y qué excusa piensas poner cuando encuentren a la señorita Stevenson? Porque tarde o temprano ella volverá de sus vacaciones, ajena a todo y sus compañeros se le echaran encima como una jauría de perros rabiosos. Y sabes perfectamente que después de ella vendrá tu turno en la sala de interrogatorios. Porque sinceramente, dudo que ella se mantenga callada y lo acabará contando todo. ¡Nos han pillado Javier, nos han pillado! –dijo el presidente de la fundación.

–¡Quieres hacer el favor de calmarte Robert! – espetó Javier Úbeda–. Aquí no van a pillar a nadie. Además, seguro que Tina es lo suficientemente inteligente como para plantarles a sus compañeros una excusa que sea lo suficientemente creíble y acertada –concluyó. Momento en el que a Cristian se le removieron las tripas al sentir el nombre de Tina, sintiendo deseos irrefrenables de tirar abajo la puerta y abalanzarse sobre la persona que se encontraba al otro lado. No dejaba de tener a Emma en la cabeza y deseaba encontrarla a cualquier precio.

–¿Ah sí? Pues ya me dirás qué diablos le va a contar la doctora a sus colegas. Están completamente convencidos que ella es la asesina de la consejera. Y según me has contado, todas las grabaciones fueron modificadas. Tenemos todos los números para que nos relacionen directamente con su muerte. Ambos sabemos que es imposible acceder a nuestra sala de control de seguridad y manipular así el sistema. Entonces la única conjetura que les quedará será pensar que Tina trabajaba con un cómplice y que éste ha manipulado el sistema desde adentro. ¿No te das cuenta que estamos de mierda hasta el cuello? –dijo el presidente Robert Saldes, el cual cada vez estaba más irritado y preocupado.

–Sabes de sobras que hay mucho en juego con esto. Fue pura mala suerte que la cámara del exterior no estuviese modificada y captase a la doctora Stevenson. Pero la situación ya no tiene marcha atrás. Deberemos esperar a que ella vuelva y que se defienda como sabe. Además, sabes que siempre nos han ido saliendo las cosas bien y que nunca antes habíamos fallado. Seguro que Tina nos ayuda y hace su trabajo como lo sabe hacer, para lo que fue preparada –dijo el director, a la par que se callaba bruscamente, ya que había sentido un pequeño ruido que provenía del exterior de su despacho. Colgó el teléfono.

Cristian acababa de golpear con su codo la puerta al intentar colocarse un poco mejor y poder favorecer la calidad de su escucha. Enseguida se percató de que había cometido un grave error y que el director Úbeda se había dado cuenta de que algo estaba sucediendo en el exterior de su despacho. Por otro lado su mente estaba acelerada. Estaba intentando asimilar todo lo que acababa de oír y no daba crédito. Y se sentía tremendamente preocupado, ya que no había tenido la ocasión de mirar al director a los ojos en ninguna ocasión y entonces le planteaba todas las dudas en referencia a su posible participación en los hechos. Había sido González quien en su día le había efectuado la petición para acceder a la sala de control.

Cuando se abrió la puerta del despacho, en el pasillo exterior no había nadie. El director miró a izquierda y derecha extrañado. Estaba seguro que había sentido un ruido, aunque ya empezaba a dudar de sí mismo y se preguntaba si su mente no se estaría poblando de paranoias como las que parecía empezar a tener el presidente Robert Saldes. Aunque por otro lado, ambos tenían motivos de sobras para sentir la presión en sus cuerpos. Sus actividades habían requerido de una planificación y de un control total, no pudiendo fallar lo más mínimo y llevando a cabo una forma de operar dispuesta de una minuciosidad extrema. Y Tina había sido la clave para que todo hubiese ido saliendo bien.

Unos metros más abajo, Cristian y el inspector González permanecían inmóviles y pegados a una pared, esperando a que el director volviese a su despacho. Rezaban para que no sospechase del todo y decidiese ir a ver las grabaciones de los últimos minutos. De ser así, éste se daría cuenta inmediatamente que le habían estado espiando a través de la puerta.

Cristian no daba crédito a lo que acababa de escuchar. Sentía una intranquilidad en su interior que apenas le permitía sentirse concentrado y mantener su autocontrol. Deseaba salir disparado y abalanzarse sobre el director Úbeda, agarrarle por el cuello y obligarle a confesar todo lo que había sucedido.

El restaurante estaba abarrotado de gente y a González se le hacía difícil escuchar a su amigo. Pero en cambio eso les dotaba de una intimidad y discreción ideal para poder hablar del tema más libremente.

–¿Se puede saber qué diablos hacías escuchando tras la puerta del director del museo? –preguntó el inspector con voz potente, para que Cristian pudiese escucharle, a pesar de tenerlo al lado.

–"Gonzo", cuando me llamaste me dirigí a las escaleras que acceden a las plantas superiores. Ya sabes que si puedo, intento evitar los ascensores. Y justo empezar a subir, observé que el director caminaba delante de mí e iba a mitad de la escalera de la primera planta –contestó Cristian–, cuando al ir tras él, escuché como hablaba mediante su teléfono móvil y pronunciaba la palabra

202

"policía". De modo que sentí curiosidad –acabó de exponer.

–¿Y qué más dijo? ¿Has podido escuchar algo más? ¿Hablaba de algo que tiene que ver con nuestro caso? – preguntó González intrigado.

Cristian le miró fijamente en silencio, como si con esa incisiva mirada le quisiera plasmar toda su desesperación y toda la intensidad de sus emociones.

–Creo que sabe donde está Tina. Y si eso es así, seguro que sabe el paradero de Emma –respondió el investigador con un acusado tono de preocupación.

–¡Pero…! ¿Qué puñetera relación existe entre el director del museo y Tina? ¡No tiene ningún sentido! Estamos hablando de que ella es la candidata número uno de nuestras sospechas. Es la persona que quizá sepa algo en referencia a la muerte de la consejera de cultura. Y ya no digo que sea la autora… intento negarme a mí mismo esa posibilidad… Pero… No me cuadra Cristian, no me cuadra –añadió González.

–Yo también desconozco la relación. Pero, le escuché hablar con un tal Robert, pronunció en varias ocasiones su nombre. Y también pronunció el de Tina. Dijo que nunca antes habían fallado y que seguro que Tina nos contaría una historia creíble y que todo les volvería a salir bien, como siempre.

El inspector González se quedó callado, dubitativo y mirando a ninguna parte. Estaba asimilando poco a poco las palabras de su amigo e intentando desentrañar algún significado convincente, fehaciente y lógico.

–Debemos reunirnos con él –dijo Cristian, interrumpiendo los pensamientos del inspector de policía–. Debo mirarle a los ojos y saber que ha pasado.

–Es cierto –afirmó González–, no has tenido la ocasión de cruzarte directamente con él y no puedes ver que pasa en su interior, ¿no es cierto?

–Exacto… –contestó Cristian.

–Está bien, voy a llamar ahora mismo al museo y pedir que nos reciba ésta misma tarde. Así podremos salir de dudas de una vez por todas –manifestó el inspector de forma resolutiva.

Mientras tanto, Emma estaba sentada en una incómoda butaca de plástico de color verde pistacho. Un viejo cinturón de seguridad de coche, que estaba fijado a una robusta columna de madera que tenía detrás, le rodeaba la cintura de una forma tan ceñida, que al menor movimiento le producía un intenso dolor en sus costillas, las cuales aún estaban en fase de recuperación. Las quemaduras de la cara y las diversas contusiones habían mejorado notablemente y volvía a emanar ligeramente esa belleza que siempre le había caracterizado, aunque su mirada seguía turbia y ensombrecida. A su vez, parecía que su tibia y peroné no le dolían tanto. Además, hacía un día que "la sombra" le había permitido comer alimentos sólidos y eso le había renovado algo los ánimos. Aunque no dejaba de darle vueltas sobre el porqué la mantenía con vida, qué buscaba de ella y qué pretendería conseguir con sus actos. Cuando la visitaba tan solo se limitaba a examinar sus heridas, darle de comer y apenas mediaba palabra; después se marchaba y no volvía hasta el día siguiente.

Debía escapar de allí. Después del pensamiento recurrente que situaba a Cristian en el centro de su cabeza, la posibilidad y la forma de cómo escapar de allí copaban el mayor porcentaje de sus ideas. Llevaba días observando la habitación donde se encontraba, intentando encontrar algún elemento que le pudiese servir como arma a emplear contra "la sombra". Buscaba incesantemente fórmulas para liberarse de sus ataduras. Pero era tan difícil moverse cuando la dejaba atada a la cama justo antes de marcharse. Cuando comía, la desplazaba hasta esa horrible butaca, pero apenas estaba allí sentada unos minutos, era imposible planificar algo en ese tiempo. Era inútil intentar romper aquel incómodo cinturón de seguridad. Aquel maldito ser lo tenía todo pensado, sabía que él era el ganador de la partida y que ella no era más que un simple peón en su juego. Además, ahora si que podía ver que había en el interior de su mente, que se escondía en lo más recóndito de su alma. Tanto tiempo buscando al culpable, al responsable de aquellas atrocidades y, de repente, se cruza con éste por pura coincidencia. Se sitúa frente a un ser que desde el primer segundo le paralizó el corazón y le provocó una angustia tan profunda que le hizo sentir el asco y la repulsión más extrema de toda su vida.

Emma pudo comprobar como aquel ser había sido el autor de cada uno de los crímenes cometidos en los meses anteriores. Pudo observar las minuciosas planificaciones, los estudiados avances. Pero lo que más le impactó es que pudo percibir de una forma terriblemente intensa, cada uno de sus pensamientos, cada uno de esos sentimientos que le convertían en un verdadero demonio. Un demonio que caminaba a su libre albedrío por éste mundo de vivos y que a su antojo alzaba su dedo y señalaba a quien deseaba desplazar al mundo de los muertos. Pudo ver como carecía de todo escrúpulo, como para él la vida de los demás no significaba absolutamente nada. Es más, pudo percibir como ni tan siquiera su propia vida le importaba lo más mínimo; lo cual le convertía en alguien que no tenía nada que perder, con el peligro que ello conllevaba.

La joven chica pudo empaparse de un odio desmesurado sin causa alguna, sin infundado origen. Sintió como el verdadero mal la visitaba cada día y la miraba, aún con la cara oculta, desvelando cada uno de sus recónditos escondrijos de su despiadada mente. Experimentó en sus propias carnes el inhumano comportamiento que tenía en cada una de sus actuaciones. Y observó su única y verdadera obsesión, creerse un dios sobre el resto de los hombres. Creerse el ser todopoderoso que todo lo controlaba y al cual nadie era capaz de vencer. Observó como su único afán era demostrarse a sí mismo y al resto del mundo que era capaz de vulnerar los mejores sistemas de seguridad, como si de un escabroso juego se tratase. Se jactaba de sus logros y disfrutaba, saboreando fantasmagóricamente en su paladar, cada una de las muertes que había producido, sucumbiendo a sus designios, a sus malas artes.

Todo aquello había supuesto para Emma un verdadero varapalo psicológico. Ya desde un primer momento le había entumecido el corazón y le había producido un sudor tan frío que parecía petrificar todos sus órganos. Definitivamente, aquel ser para ella no era humano. Y aún no comprendía cómo había logrado, en otros encuentros anteriores, evadir todo ese mundo interior a ojos vista de Cristian y de ella misma. Y seguía sin entender el motivo por el cual continuaba tapando su rostro ante su presencia, cuando ya nada tenía que esconder, cuando había quedado perfectamente claro quién era. Ya nada era un misterio para ella, ni su sexo ni su escondrijo, ni su forma de desplazarse... pero se seguía ocultando. Aunque, de todas maneras, a pesar de no guardar ya ningún secreto a su mirada, ésta le denotaba un aspecto que no acababa de comprender. Era como si de alguna manera se hubiese plantado ante un ser totalmente desconocido, totalmente diferente a la persona que había tenido delante días anteriores. Eso la descolocaba, sabía que había un punto en su análisis que se escapaba a su entendimiento y a pesar de su don, no lograba unir las piezas de un rompecabezas psicológico que se le estaba antojando demasiado complicado. Era la misma persona, pero a su vez no lo era; era el mismo ser, pero a su vez no parecía saber quién era.

28

Hacía casi una semana que Emma había desaparecido y faltaban unas pocas horas para que agosto llegase a su ecuador. Por otro lado, Tina hacía casi un mes que no aparecía por su domicilio y el inspector González y Cristian ya no sabían donde seguir buscando.

Con el nuevo caluroso día, el inspector y el joven investigador se dirigieron al museo, donde habían acordado una cita con el director, dado que la tarde del día anterior les habían dado largas deliberadamente. Ansiaban encontrarse cara a cara con éste y que les explicase donde se encontraba Tina, la cual se había convertido en su principal y prácticamente única sospechosa. Y sobretodo Cristian, deseaba clavar de la manera más incipiente posible su mirada en los ojos del director, para escudriñar hasta el más recóndito de sus pensamientos, sentimientos e información oculta que le pudiese ser de la más esencial utilidad para encontrar a Emma.

Pero la ansiedad duró poco. Tras veinte largos minutos de espera, en el área de invitados del museo, aguardado para ser recibidos por el señor Javier Úbeda, tan solo la presencia de una menuda secretaria hizo acto de presencia.

–Creo que finalmente el señor director no les va a poder atender –manifestó la irrisoria muchacha, con un timbre de voz que resultaba chirriante.

Entonces, ambos investigadores levantaron la cabeza sincronizadamente, irguiendo sus espaldas automáticamente, como si de sendos resortes se tratara, a la par que recuperaban una postura más convencional en las sillas en las cuales se encontraban sentados.

Cristian preguntó:

–¿Cómo dice señorita? –denotando un intencionado grado de incredulidad y crispación.

–Lo que han oído –respondió la secretaria ásperamente, a la par que añadía–: El señor Úbeda ha tenido que partir de viaje esta mañana con carácter urgente y por éste motivo no podrá atenderles. Acaba de llamar y les pide disculpas por no haberles podido avisar con mayor antelación.

La paciencia de Cristian y el inspector González se estaba acabando por momentos y para postre, la desafortunada voz y tono de la muchacha, no les estaba ayudando lo más mínimo. Fue entonces cuando González dio un respingo de la silla, embaucado de un enfado que pasaba de ser palpable tan solo en su rostro, a toda su expresión corporal. Pero justo cuando se disponía a iniciar una parrafada, que de buen grado hubiese acumulado todo un seguido de lindezas lingüísticas propias del más blasfemo pirata, Cristian se levantó a su par y sujetándole del brazo, a la vez que con la otra mano le tapaba la boca, le obligó a abandonar la sala donde se encontraban.

–¡Tendrías que haberme dejado decirle cuatro cosas! –espetó González, cuando aún no habían acabado de cruzar el umbral de la puerta.

–No merece la pena "Gonzo" –dijo Cristian–. De todas maneras no habríamos conseguido nada enfadándonos con esa mujer. Pero lo que sí está claro es que sea por el motivo que sea, le molesta profundamente nuestra presencia al director del museo, lo que me acaba de dar la razón que lo que escuché a través de la puerta no era producto de mi imaginación.

–Pero ¿ahora qué vamos a hacer amigo mío? –preguntó el inspector con un toque apesadumbrado.

–Pues debemos seguir con lo poco que tenemos. Sabemos que Tina de buen grado tiene algo que ver en todo esto, pero no sé hasta dónde. Pero sin lugar a dudas era ella la que vimos a través de las imágenes de las cámaras del museo. Por lo tanto, pienso que deberíamos darnos un paseo por su casa, a ver que encontramos –añadió Cristian.

–Está bien, daré la orden ahora mismo para que cursen en el juzgado la petición de entrada. Pero también me veo obligado a comunicar la situación a las ladillas de asuntos internos, dado que se trata de una agente –dijo González.

–"Gonzo", realmente creo que deberíamos hacer las cosas de otra forma… dado que se trata de nuestra amiga –agregó el investigador, mientras su amigo se quedaba en silencio y con aspecto meditativo.

–Vale Cristian, quizá tengas razón, aunque ya sabes que no me gusta cruzar la línea. Pero llevamos demasiado tiempo detrás de esto y sobre todo, porque es la vida de Emma la que está en juego. Vamos.

29

Realmente se encontraba muy sofocada. Su estado nervioso, sumado al incesante calor que se hacía palpable en el ambiente, había provocado que sus mejillas estuviesen notablemente coloradas y el sudor no parase de aflorar en cada uno de los poros de su frente y cuello. Estaba muy agobiada.

Habían pasado sólo doce horas desde que recibió la llamada de Javier Úbeda alertándola de lo que estaba pasando. De modo que todo estaba sucediendo demasiado deprisa para asimilarlo de forma relajada. Ya que, el hecho de que sus actividades fuesen descubiertas le resultaba una situación muy difícil, pero que a ello se le sumase que sus mejores amigos fuesen los que la descubriesen, se le hacía muy complicado.

Ahora no podía fallar, estaba a punto de completar su última obra y ello le iba a proporcionar una plena satisfacción personal. Cada una que llevaba a cabo superaba a la anterior en magnificencia y pulcritud, todo salía prácticamente perfecto y así debía seguir siendo. De modo que se detuvo un momento, dejó sobre el suelo una pequeña mochila que llevaba a la espalda y tras cerrar los ojos, tomó aire profundamente.

No habían pasado ni veinte minutos cuando Tina abandonaba el sótano de su casa, cargando un pesado bulto ayudándose de una carretilla, como las que utilizan los repartidores de bebida. Llevando a su vez una pesada bolsa de deporte y su pequeña mochila.

Se marchó a toda prisa, montando en su coche y perdiéndose carretera abajo curva tras curva.

Cuando González y Cristian llegaron, dos escasos minutos después, un olor conocido penetró a través de las fosas nasales de Cristian. La científica había sacrificado su casa para evitar ser descubierta, prendiéndole fuego y llevándose todo aquello que la pudiese incriminar consigo.

–Ese olor… –balbuceó Cristian, apenas para sus adentros–. Maldita sea, ¡fuego! –acabó por gritar, a la par que apartaba al inspector de la puerta, la cual estaba a punto de abrir.

–¡Toca primero la puerta! –le espetó Cristian–. No veo salir humo por debajo e intuyo que aún no está muy avanzado, pero debemos tomar precauciones –añadió.

–Espera Cristian, en el coche tengo dos extintores, aunque no son muy grandes, si el fuego es pequeño, podremos apagarlo.

No tardó ni treinta segundos cuando González se presentó frente a la puerta con sendos extintores y una enorme palanca metálica.

–Quería hacerlo fino, pero ya que hay un incendio, tenemos la gran excusa para entrar en la casa un tanto más rudimentariamente –dijo el inspector, sonriendo a su vez y empezando a forzar la puerta.

Cuando consiguieron abrirla, no tardaron en apagar el incendio, que apenas acababa de iniciarse en el sofá del salón.

–¡Uf, por los pelos amigo mío! –exclamó González.

–No soporto los incendios... –dijo cabizbajo Cristian, intentando apartar de todas las formas habidas y por haber sus pensamientos que evocaban el recuerdo de su fallecida novia.

–Lo sé amigo mío, pero es algo con lo que tendrás que convivir el resto de tus días –le consoló su amigo inspector.

–Bueno. Miremos que es lo que ha originado el incendio, si es que encontramos algo, claro –comentó Cristian.

–¿Algo como este encendedor de gasolina? –dijo González, a la par que le mostraba un encendedor plateado con el logotipo de una conocida marca de automóviles–. Estaba justo encima del sofá con la tapa levantada, lo que me hace pensar que ha sido el causante del fuego. Y sinceramente Cristian, dudo mucho que un mechero de este tipo se encienda solo. Alguien lo ha debido lanzar al sofá para provocar el incendio.

–¿Tina? –preguntó Cristian, con un tono un tanto retórico.

–Revisemos las ventanas de la casa, a ver si encontramos alguna forzada, aunque tengo la impresión de que todo está correcto. No hay nada revuelto y la puerta estaba cerrada con llave, que mi trabajo me ha costado hacerle palanca. De modo que yo casi me atrevería a apostar que ha sido Tina la que ha estado aquí.

Y González estaba en lo cierto, ya que todas las ventanas estaban cerradas, de la misma manera que la puerta principal y la que daba a la parte posterior de la casa.

–Esto se pone muy feo inspector, ¿por qué iba a querer nuestra amiga quemar su casa?

–Muy sencillo Cristian, ya lo sabes. Porque oculta algo –dijo González, mientras se quedaba mirando en dirección a una puerta que flanqueaba las escaleras que accedían al sótano.

Inmediatamente ambos investigadores se pusieron en marcha y se aproximaron a la escalera que bajaba a la zona inferior de la casa. No podían evitar sentir como el corazón se les aceleraba un tanto, dado que ambos temían encontrarse algo que no les gustase en absoluto.

Tras unos segundos que parecieron eternos, llegaron al sótano. Una vez allí, accionaron un interruptor que encendía las luces, que correspondían a cuatro grandes fluorescentes, que otorgaban al lugar una claridad casi perfecta y carente de sombras.

Por otro lado, pudieron ver que todas las paredes estaban pintadas de blanco, que junto a la iluminación existente, dotaba al lugar de un aspecto bastante frío. Pero que nada tenía que ver con la enorme frialdad que una gran mesa metálica ofrecía y la cual se encontraba en todo el centro de la habitación. Habitación que a su vez carecía prácticamente de mobiliario, a excepción de una mesa con un par de sillas, un par de armarios y algo que parecía ser un camastro.

–¿Qué diablos es esto? –inquirió González.

Cristian no contestó nada, por su mente no circulaba otra cosa que el recuerdo de Emma y en el interior de su pecho, esa sensación acuciante de añoranza. La echaba de menos y cada segundo que pasaba le resultaba más desesperante que el anterior. Se acercó a la mesa del centro de la sala y en poco tiempo pudo deducir que más que una mesa, parecía una de esas camillas que se encuentran en el anatómico forense. Un seco escalofrío recorrió su cuerpo.

–No lo entiendo –volvió a intervenir el inspector–. Si quería deshacerse de pruebas, si quería eliminar vestigios de alguna cosa que la pudiese incriminar en algo ilícito, no entiendo por qué no inició el incendio en esta zona. Aunque la verdad es que pocas cosas hay por quemar aquí.

–Todo apesta a alcohol y desinfectante "Gonzo". Esto está completamente esterilizado. Ni con cinco unidades especializadas de policía científica extraeríamos una sola prueba de ésta sala. Tina sabe lo que hace, se dedica a ello y fuese lo fuese lo que hacía en esta sala, de buen grado lo ha hecho en las condiciones más estériles posibles. Y eso no ha dejado huella alguna. Sino date una vuelta y observa con detenimiento tu mismo –dijo Cristian.

–Quizá tengas razón –contestó González–. Entonces propongo echar un vistazo más a fondo al resto de la casa. Ya estamos dentro, el fuego no ha sido visible desde el exterior y por lo tanto nadie habrá llamado a los bomberos. Así que podemos mirarlo todo con calma.

No había terminado su frase cuando Cristian ya estaba subiendo de nuevo las escaleras, con una actitud silenciosa, pero harto concentrada.

Cristian decidió empezar su examen desde la entrada del domicilio, hacia adentro. Pero no fue hasta el mismísimo instante en el cual llegó hasta la puerta principal de acceso a su domicilio, cuando se percató de que algo no estaba en su lugar.

–Pero qué… –expresó para sus adentros, mientras acababa de apartar una pequeña mesita de cortesía de cristal oscuro, la cual había notado un poco más desplazada de su lugar habitual, ya que se observaba un remarcado círculo de polvo en el suelo, y que se encontraba junto al sofá del salón. Extrayendo de debajo de éste último un gran tubo de cartón que parecía ser un guarda-planos.

Pero su sorpresa se tornó mayúscula cuando sacó la tapa superior de cilindro y extrajo el contenido de su interior, consistente en la totalidad de los planos correspondientes al Museo de Impresionismo de Barcelona.

Un escalofrío le atravesó el cuerpo. Siguió mirando el resto de documentos y enseguida pudo ver más planos arquitectónicos, correspondiendo éstos al banco, a un edificio que parecía ser un rascacielos de oficinas y a un chalet.

Cuando quiso avisar a González, éste ya se encontraba a su lado. Había empalidecido y de una forma u otra intentaba encontrarle sentido a todo lo que sus ojos estaban viendo.

Finalmente el inspector pudo reaccionar y puso voz a todos aquellos pensamientos que se agolpaban en las agotadas mentes de ambos.

–¿Tina es la asesina? –especuló González en tono interrogativo.

–Eso parece. Y si no lo es, ya me explicarás por qué diablos tiene en su casa, escondidos bajo el sofá, los planos de todos los escenarios donde se han cometido los crímenes. ¡Esta hija de puta tiene a Emma y seguro que se la ha llevado consigo! ¡Le han debido avisar del museo, tanta insistencia nuestra por hablar con el director les ha puesto en prealerta! ¡No trabaja sola! –concluyó Cristian, quien parecía que iba a perder los nervios de un momento a otro.

–Debemos seguir buscando Cristian –dijo González, con un tono que parecía buscar la asunción del control de la situación. Y se dio la vuelta, para seguir abriendo cajones en el salón y buscar alguna cosa más que acabase de decantar la balanza de la culpabilidad.

Cristian a su vez, trató por todos los medios de relajarse y frenar de alguna manera la exacerbada velocidad que sus pensamientos estaban alcanzando. Se sentía al borde del colapso. Todo era demasiado cruel y aunque intentaba rechazar la culpabilidad de su amiga Tina, cada vez se le hacía más difícil. Eran demasiadas las pruebas que la asediaban y la balanza cada vez más estaba de su lado.

De modo que de nuevo se puso en marcha e inició una nueva búsqueda de más elementos que pudiesen demostrar lo sucedido.

No tardó ni cinco minutos cuando volvió a encontrar algo que acabó de desatar, un poco más si cabe, su ya incandescente estado nervioso. Hacía ya dos años Tina cultivaba afablemente su pequeño huerto ecológico en una de las terrazas de su casa, dado que le gustaba el sabor de las verduras recién recolectadas y sin tratamiento alguno con pesticidas. Pero al aproximarse al mismo, algo le resultó un tanto inusual. Fue en el momento de acercarse a la balda donde estaban colocadas las plantas del apio, cuando entre ellas pudo encontrar algo que le resultó desconcertante.

Tina había plantado en su propia casa dos cicutas, entre sus apios. De esta manera resultaba muy complicado encontrarlas, dado su enorme parecido con los hinojos, porque sólo difieren en algunas manchas rojas en su tallo y en las uniones de las ramas.

Ahora las casualidades ya parecían dejar de serlo a todos los efectos. Las pruebas indiciarias que allí habían encontrado parecían ser las suficientes y tener el necesario valor como para llevar a Tina al agujero durante bastante tiempo. Era una asesina y debía pagar por ello.

30

Sin duda alguien estaba siendo conocedor de sus actividades y toda la perfección que había procurado mantener en sus movimientos, parece ser que se había ido al traste. Pensó en un primer momento que tanto el presidente del museo como el director, le estaban haciendo la cama y habían decidido prescindir de ella para salvar el tipo. Pero esa idea, segundos después, se le antojó en demasía incongruente. Lo que la llevó a plantearse todo un séquito de preguntas que se amontonaban en una ya sobrecargada cabeza. «¿Qué sentido tiene que ellos me dejen a mi suerte? Al fin y al cabo mi última obra se ha llevado a cabo desde el mismísimo museo. No tiene sentido que me delaten, porque saben que a la primera de cambio les arrastraré a mi suerte. Además, de haberme querido tender una trampa ¿para qué me habrían puesto en alerta?»

Sin lugar a dudas, si alguien se presentaba en su casa y encontraba aquello, estaba totalmente perdida, porque de buen grado le resultaría muy complicado explicar el por qué de la posesión de aquel afilado cuchillo y por qué éste se encontraba en aquella extraña sala; interrogándola a su vez sobre el tipo de actividades que allí llevaba a cabo. Su intranquilidad entonces no dejaba de ir en aumento, pero aún tuvo la serenidad de ir un paso más allá. Así que dejó todo lo que arrastraba, teniendo especial cuidado con el alargado bulto que llevaba sobre la carretilla y se puso a examinar palmo a palmo toda su casa antes de abandonarla, justo dos minutos antes de que sus amigos se personasen en el lugar. Sabía que el tiempo iba en su contra y que no podía permanecer mucho más tiempo allí, debido al riesgo de ser descubierta, pero también sabía que si pasaba algo por alto, podría verse comprometida del todo y que sus ilícitas actividades serían descubiertas.

Estaba acostumbrada a ello, las inspecciones oculares eran su vida, su trabajo, su mundo. Y controlar los detalles era su especialidad. De modo que inspeccionar su casa de buen grado le resultaría fácil.

Diez minutos más le costó acabar de examinarlo todo, iba a toda prisa, aún a riesgo de pasar por alto alguna cosa más. Pero ya no volvió a encontrar nada. Aunque sin duda, algo se había dejado. Y ese algo ya había sido encontrado por Cristian y González, comprometiéndola peligrosamente.

Era casi la una del mediodía cuando sonó el teléfono del inspector jefe de la unidad de policía científica.

−¡Tienes que ayudarme Pedro, por favor! −le espetó Tina, sin ni siquiera saludar primero.

−¿Tina? Inquirió el policía, aun casi estando seguro que se trataba de ella.

−Sí, soy yo −contestó ella nerviosamente.

−¿Qué te ocurre? ¿En qué te tengo que ayudar? ¿Estás bien?

–¡Pedro, alguien me quiere tender una trampa! He vuelto de mi viaje y he pasado por casa y en el pequeño laboratorio que tengo en mi sótano, he encontrado un cuchillo que no me pertenece y tengo miedo que se haya cometido algún crimen con él, me ha parecido detectar una imperceptible gota de lo que parece ser sangre.

–¿Y por qué no has pasado por la central y lo has analizado tu misma? Te habrías ahorrado incluso llamarme. ¿Sucede algo más Tina? –interrogó su jefe.

Se hizo el silencio durante unos instantes y entones Tina contestó:

–Parece   ser   que   sí   Pedro…   –inició dubitativamente–. Todo apunta a que creen que soy una asesina.

El inspector jefe se quedó algo estupefacto, porque no acababa de entender el motivo de la llamada ni lo que su subalterna les estaba contando.

–¿Una asesina? ¿Y a quién se supone que has matado? –preguntó el inspector Pedro Durán, haciéndose de nuevo un silencio antes de la respuesta de Tina.

–Veámonos. Te prometo que te lo contaré todo. Pero debes prometerme que vas a confiar en mí y oigas lo que oigas o pregunten lo que te pregunten, me apoyarás y me cubrirás hasta que te cuente todo. Luego ya decidirás que deseas hacer. Me conoces desde hace muchos años y sabes cómo soy. De la misma manera que sabes que nunca te he pedido nada.

El inspector Durán se quedó pensativo, analizando cada una de las palabras que la científica le estaba contando.

–¿Me estás pidiendo que te encubra ante la acusación de un asesinato? –inquirió con un tono de estupefacción.

–Sí Pedro, pero sólo si se da el caso antes de que hables conmigo. Si lo que te cuento no te convence, tú mismo podrás esposarme cuando nos veamos. ¡Eres mi única salida para esclarecer la verdad!

De nuevo un breve silencio se hizo eco en el ambiente.

–Lo que me estás pidiendo es algo muy grave y muy serio Tina. Pero está bien. Supongo que tú también harías algo así por mí, de modo que cuenta con ello. ¿Dónde nos vemos?

–Me estoy reubicando, mi casa no es segura. De modo que dame un par de horas de tiempo. Así que si te parece bien, podemos encontrarnos a las quince horas en el chiringuito que está en la playa de Montgat, el que se encuentra justo delante de la glorieta que marca el final de la carretera que pasa junto al mar, al lado del Turó. ¿Sabes dónde te digo? –acabó de preguntar Tina.

–Sí, frente al parque que tiene aparatos de gimnasia al aire libre, ¿cierto?

–Así es. Me encontrarás sentada en una de las mesas de cara al mar. Por favor, toma las medidas oportunas para que nadie te siga. ¿De acuerdo? ¡Ah, y una cosa más! Intenta por todos los medios, repito, por todos los medios, evitar cruzarte con el amigo detective privado del inspector González –dijo Tina.

–¿Y eso? ¿Qué pasa con él? –preguntó extrañado Durán.

–Ya te lo acabaré de explicar, ahora ya no dispongo de mucho más tiempo. Evítalo y si no puedes hacerlo, intenta de todas las formas habidas y por haber que no te mire a los ojos. Usa gafas de sol o lo que quieras. ¡Pero que no te mire a los ojos! Confía en mí, por favor Pedro – concluyó Tina, colgando el teléfono acto seguido.

–¡Pero Tina…! –exclamó el inspector inútilmente, dado que su interlocutora ya había finalizado la llamada.

No salía de su asombro. Aquella llamada le había dejado un tanto descolocado, pero Tina tenía razón. En los incontables años que llevaban trabajando juntos, aquella margariteña jamás le había pedido nada. Era un verdadero placer estar al mando de una mujer tan competente y eficaz. Y por eso mismo sentía que debía hacerle caso y ayudarla ahora que se lo estaba pidiendo. Pero para un hombre con una mentalidad tan rectilínea como la suya, traspasar la barrera de la legalidad se le antojaba un disparate. Pero ¿qué podía hacer sino? Era una buena oportunidad de premiar todos esos años de buena labor y fidelidad, ya que muchas eran las rifas a las que Tina se había sometido y a las que siempre había hecho caso omiso, permaneciendo bajo su batuta en todas las ocasiones. Aunque otro tipo de sentimiento no dejaba de estar presente en su corazón, porque bien era cierto que si su situación civil hubiese sido otra, de buen grado habría intentado mantener una relación algo más extra-profesional con ella. Pero sus principios morales así se lo impedían.

No había terminado de navegar entre sus pensamientos cuando sonó el teléfono de nuevo. Se trataba del agente de recepción, el cual no tardó en comunicar que el inspector González estaba en el edificio y preguntaba por él. Enseguida, Pedro Durán preguntó al agente si venía acompañado de Cristian y éste le contestó afirmativamente. Entonces el inspector intentó pensar rápidamente una salida para intentar evitarlos, siguiendo las instrucciones de Tina. Pero se sentía un tanto colapsado por la velocidad de los acontecimientos.

–Agente, dígale al inspector González que yo no le he contestado al teléfono, que lo ha hecho alguien de mi oficina. Y dígale que debo haberme marchado a comer –manifestó Pedro Durán a su subalterno, el cual se quedó un tanto sorprendido, dado que no era algo habitual por parte del inspector jefe de la unidad de policía científica.

–Está bien, entiendo –dijo el agente, intentando disimular sin demasiado acierto, ya que tenía frente a él a otro de sus superiores.

Enseguida el policía largó la excusa que Pedro Durán le había manifestado. Por su lado, González se dio la vuelta y no hizo falta palabra con Cristian para indicarle que toda aquella llamada le había parecido una clara pantomima a muy bajo nivel.

Apenas le había dado tiempo a salir de su despacho, cuando el inspector Durán vio aproximarse apresuradamente a González, acompañado de Cristian. Su corazón se aceleró y rápidamente extrajo del bolsillo interior de su americana unas espejadas gafas de sol del mismo estilo que usan los pilotos aéreos.

–¡Vaya Durán! ¡Justo a tiempo! –exclamó González, a la par que se aproximaba y ofrecía su mano a su homónimo de rango.

–¿Perdón? –contestó el inspector Durán con un tono encontradizo, de mucho más nivel de engaño que el que había dejado ir minutos antes el novato agente de recepción.

–Disculpa inspector –inició González–. Te estábamos buscando porque queríamos hacerte una pregunta –añadió.

–Pues tú dirás González, pero espero que sea corta, he quedado para comer y no quiero llegar tarde.

–Ah. Disculpa entonces la interrupción. Iré al grano. ¿Por casualidad no sabrás dónde ha ido Tina de vacaciones? –preguntó el inspector González.

–¿Tina? Vaya, pensaba que vosotros erais sus amigos y que incluso compartiríais viaje. La verdad es que no tengo ni idea. Sabes lo suya que es y que prácticamente me avisa de sus partidas cuando ya está en su destino.

Inmediatamente el avezado investigador González detectó un punto de nerviosismo y engaño en la voz y actitud de su compañero Pedro Durán. Elemento que no pasó por alto, a su vez, Cristian, que intentaba ver los ojos del inspector jefe por todos los medios posibles.

–¿Sucede algo? –inquirió Durán a Cristian, con un tono que rayaba el que emite una persona molesta.

Cristian se quedó parado, había sido sorprendido en sus extraños movimientos para poder observar la mirada del inspector.

–No. Dijo, casi de forma automática. Es que intentaba saber cuál es la marca de sus bonitas gafas de sol. Me encantan los modelos aeronáuticos y me preguntaba si serían como un modelo que tengo en casa –contestó Cristian en lo que sonó a una verdadera excusa barata.

–Yo mismo lo desconozco, fue un regalo de mi esposa. ¿Alguna pregunta más? –espetó en lo que ya denotaba a todas luces un remarcado tono de irritabilidad.

–¿Estás seguro que no te dijo a donde ha ido? Es que nos urge contactar con ella por un asunto de su interés. Y no, nosotros tampoco sabemos dónde ha ido, por muy amigos que seamos. Como tú también sabes, ella tiene momentos muy independientes –dijo González.

–Ya te lo he dicho –inició el inspector Durán, en lo que parecía una reconducción de su tono y paciencia–, no tengo ni idea de donde puede estar. Es más, ni siquiera tengo planificado cuando le toca volver. Como bien sabes, ella es la que se gestiona perfectamente sus horas y no me hace falta llevar un control sobre las mismas. Suele trabajar de más para ésta casa.

Los dos investigadores se miraron un instante y acto seguido González añadió:

–Perdona mi indiscreción Pedro, pero ¿por qué sales con las gafas de sol puesta desde tu despacho?

El inspector jefe de la unidad científica interpretó aquella pregunta como un claro ataque contra su confianza.

–González ¿hay algo que me quieras decir? –zanjó Durán.

De nuevo un largo silenció se apoderó de la estancia. Y finalmente Cristian intervino.

–¡Sí! –dijo efusivamente. Le queremos decir que mi novia y compañera ha desaparecido e incluso posiblemente esté muerta. Y que Tina tiene todos los números para ser la autora de tal crimen. De la misma manera que tiene toda la pinta de ser la autora de toda la retahíla de asesinatos que se han venido sucediendo meses atrás y que no tenemos cojones a resolver. ¡Eso le queremos decir! –concluyó Cristian, bajo la mirada estupefacta de su amigo González y el aspecto impasible de Durán.

–¿Y se puede saber en qué os basáis para acusar de algo así a una de mis agentes?¡Sin olvidar que además se trata de vuestra amiga! –añadió Durán.

–De momento no te podemos avanzar más datos – dijo González–. Pero no estaríamos aquí si no tuviésemos sospechas plenamente fundadas.

–Pues entonces me temo que no voy a poderos ayudar más. No os olvidéis que se trata de una de los míos y además de mi plena confianza. De modo que si se necesita alguna información más por mi parte, me tendrá que ser solicitada por los conductos pertinentes, a través de los de asuntos infernales –concluyó, refiriéndose a los agentes de asuntos internos. Mientras se abrió paso, pasando entre ambos amigos. Aunque a los pocos metros se detuvo y dándose media vuelta añadió:

–Y aunque no sea de vuestra incumbencia, os diré que tengo una fuerte conjuntivitis y me molestan todo tipo de luces, por eso llevo puestas las gafas de sol todo el tiempo. Adiós –finalizó, perdiéndose pasillo abajo.

Por un momento Cristian estuvo a punto de abalanzarse sobre el inspector y arrancarle las gafas de su rostro. Ansiaba ver la mentira en sus ojos y descubrir de una vez por todas dónde se encontraba Emma.

–Le seguiremos –dijo González, interrumpiendo los pensamientos del investigador. Y ambos atravesaron a toda prisa el mismo pasillo que el inspector había recorrido segundos antes, en sentido a las escaleras que daban a la salida del edificio.

En menos de dos minutos ambos estaban de nuevo en el coche y pudieron ver como Durán arrancaba el suyo y salía a toda prisa avenida abajo. Iniciaron la marcha tras él.

Aquello parecía ser un juego de cazador cazado, porque no habían pasado ni cinco minutos desde que habían empezado a circular, cuando Pedro Durán se percató que ambos investigadores le estaban siguiendo. De alguna manera Tina había predicho todo lo que iba a suceder y le había puesto en preaviso.

El inspector jefe aceleró su marcha y comenzó una serie de maniobras evasivas. Debía perder de vista a sus perseguidores a toda costa. De modo que lo primero que hizo fue dejar de utilizar sus intermitentes para indicar sus giros al resto de la circulación, además de apurar cada una de sus maniobras de viraje.

Enseguida Cristian y González se dieron cuenta de que habían sido descubiertos y rezaban para no perderlo de vista.

Pero Durán no necesitó más de cinco minutos para deshacerse de ellos. Ya que la maniobra evasiva le acabó

228

de resultar muy sencilla en el momento en que accedió al parque subterráneo de un enorme centro comercial. Allí tras varios zigzagueos, el inspector los consiguió despistar y se perdió por una de las salidas, que iba a parar directamente a una de las autopistas de la ciudad de Barcelona.

No obstante, siguió varios kilómetros extremando sus precauciones y con actitud vigilante, haciendo maniobras como la de dar varias vueltas a una misma glorieta antes de abandonarla. Maniobras que abandonó un poco antes de llegar a su destino. Una vez cruzadas las vías ferroviarias, a través de la carretera subterránea que llevaba a la playa, Durán estacionó en un enorme descampado de tierra que estaba frente al mar y fue caminando hacia el chiringuito donde tenía que llevarse a cabo el encuentro con Tina.

Se había adelantado unos tres cuartos de hora, ya que la visita de González y Cristian le habían obligado a partir un poco antes de lo previsto. No obstante, cuando se aproximó a la terraza del chiringuito pudo distinguir una silueta que le resultó familiar, a pesar de lo abarrotado de gente que estaba el lugar. Sin lugar a dudas, Tina sabía como escoger los puntos de reunión para poder pasar desapercibidos. La científica vestía tan solo un pequeño bikini de color verde claro, el cual realzaba con total claridad su morena piel, y un enorme sombrero de paja a juego. Cubriendo a su vez sus ojos con unas enormes gafas oscuras de pasta. Parecía toda una turista allí sentada, plantada con una enorme jarra de cerveza sobre la mesa y una bolsa de patatas fritas.

El inspector se aproximó y aún no había acabado de acercarse, cuando Tina le ofreció una silla y de una forma totalmente directa le ordenó que se quitara la camisa que llevaba.

El director se quedó atónito ante tal proposición. Pero en pocos segundos se dio cuenta de las intenciones de Tina. Lo cierto es que con su vestimenta estaba llamando un poco la atención en el lugar, desentonando completamente. De modo que le hizo caso e incluso mejoró la propuesta sacándose los brillantes zapatos negros que llevaba y los calcetines. A lo que Tina respondió con una sonrisa.

«¡Dios, es preciosa!» Pensó el inspector jefe para sus adentros, mientras se acababa de acomodar en la silla y señalaba la cerveza de Tina, dando instrucciones simbólicas al camarero para que le sirviese lo mismo.

–Gracias por venir Pedro. Te debo una, y gorda – dijo Tina con un tono bastante neutral.

El inspector la observaba callado. De alguna manera estaba tratando de leer en el rostro de aquella hermosa muchacha si existía el más mínimo atisbo de culpabilidad. A pesar de lo que le gustaba y del aprecio que había cosechado su persona durante tantos años, no podía evitar tomar en cuenta las palabras de aquellos hombres. Además, sabía que si el inspector González se había enfrascado en algo semejante, acabando por lanzar acusaciones de tal magnitud, buenos motivos tendría. Por otro lado, había oído hablar muy mucho de la calidad de Cristian, de modo que todo el conjunto de sucesos en sí, le tenían un tanto dubitativo.

–¿Es difícil creerme, no es así Pedro? Y mucho más cuando los que me acusan de asesina son mis propios amigos. ¿No? –continuó la margariteña.

–No sé qué pensar, Tina. Debes entender que para mí esta situación me ha sobrevenido de repente y son demasiadas las incógnitas que ahora tengo, por mucho que te conozca y por mucha credibilidad que tus amigos me ofrezcan. Creo que me merezco una amplia y detallada explicación –dijo Durán.

–Tienes toda la razón, y por ello estás aquí. Verás, como bien sabes, Cristian y "Gonzo" van tras el asesino ese tan misterioso, que nos ha tenido en jaque durante tantos meses y que de hecho aún nos tiene –inició Tina, haciendo una pausa intentando reordenar sus ideas para explicarlo todo de la mejor forma posible.

–Continúa –le pidió su jefe.

–Sí… Pues verás, como también sabes, yo hace unos días me marché a uno de mis viajes. He estado en España, no fui fuera del país en absoluto. Estuve en Lanzarote visitando a unos familiares que tengo en el pueblo de Yaiza. Y allí he estado hasta hoy mismo, que me vine corriendo para Barcelona –añadió ella, haciendo una nueva pausa.

–Adelante –dijo Durán.

–Pues verás, el caso es que mientras estaba en la isla, llegó hasta mí la información que mis amigos me habían colocado en el punto de mira de sus sospechas. Y por ese motivo ésta mañana he cogido el primer vuelo para volver a casa.

231

Pero mi sorpresa se desató cuando al llegar a mi domicilio, encontré en un rincón de mi pequeño laboratorio un cuchillo de afiladísima hoja. Pensé de dónde podría haber salido y no encontré relación alguna, porque ya sabes que nunca me llevo trabajo a casa y que mi laboratorio lo uso para otros experimentos privados.

Entonces lo que hice fue mirarlo con un poco más de detenimiento. Lo cierto es que parecía totalmente nuevo, estaba reluciente. Pero mirándolo bajo mi lupa, observé que en la confluencia del mango con la hoja, había una microscópica marca. Y sospecho que sea sangre.

–¿Y entonces, de dónde salió ese cuchillo? –interrumpió el inspector.

–Eso te iba a contar. Supe desde el primer momento que ese cuchillo no era mío. Además, estaba muy arrinconado, como si estuviese escondido. Aunque lo cierto es que en mi laboratorio hay muy pocos rincones donde esconder cosas, ya que casi no tengo mobiliario.

Y enseguida empecé a pensar mal. Ya que primero me entero que soy sospechosa de asesinato, por motivos que desconozco totalmente. Llego a casa y me encuentro con un cuchillo que no es mío, manchado con algo que parece ser sangre.

Entonces decidí ponerme a examinar mi propia casa, porque a primera vista todo estaba correctamente. Las ventanas estaban cerradas tal y como las dejé y la puerta principal estaba perfectamente.

–¿Miraste la cerradura? –volvió a interrumpir Durán.

–Sí. Enseguida descarté el método de la radiografía, porque yo cierro siempre con vueltas mi cerradura. Pero encontré algo que no me cuadraba. Pude observar que sobre el embellecedor había diminutos fragmentos metálicos dorados. Y no tengo ninguna llave dorada Pedro –dijo Tina.

Al rostro de su jefe afloró media sonrisa, que venía a reconocer el aprecio que tenía por aquella gran investigadora.

–¿Una ganzúa quizá? –interrogó él.

–No, me parece que la persona que accedió a mi domicilio ha sido un poco más sofisticada. Intuyo que utilizó una *"bumping key"*, porque no ha dejado una sola marca adicional y porque dudo mucho que haya podido duplicar mis llaves.

–¿Una *"bumping key"* has dicho? –preguntó Durán.

–Sí, se trata de una llave maestra que… –respondió Tina, que enseguida fue interrumpida de nuevo por su jefe.

–Calla Tina. Ya sé lo que es una *"bumping key"*. Pero… –Y se quedó callado pensativo.

–¿Pero qué? –preguntó Tina algo intrigada. ¿Sabes quién ha podido ser?

–No Tina. Pero tengo la sensación de haber oído hablar no hace mucho de ese tipo de llaves, pero si te soy sincero no acabo de recordar donde ni a quién –contestó Pedro Durán, aún pensativo.

–Necesito que me proceses todo Pedro. Es muy importante para demostrar mi inocencia.

–Pero hay muchas cosas que aún no me has contado Tina. ¿Por qué creen que tú eres la autora de esos asesinatos? ¿Quién te ha contado que ellos van tras de ti?

Tina se quedó callada, mirando a Durán pensativamente y sopesando su respuesta. Acto seguido cogió su mano izquierda y le dijo:

–No sé en qué se basan, te lo juro. No sé qué pruebas o indicios pueden tener contra mí. Pero no me pidas que te revele mi fuente. De momento no puedo hacerlo o la pondría también en peligro. Tendrás que seguir confiando en mí Pedro. Sabes que soy incapaz de matar a una mosca –concluyó, con una vocecilla dulce, que junto al contacto físico que se acababa de producir, había provocado en Durán un estado de inquietud y un no saber que hacer apabullante. Porque esa mujer le gustaba, y le gustaba mucho.

–¡Mierda Tina, así no me ayudas nada! –espetó su superior, a la paz que se soltaba de las manos de la margariteña, la cual le estaba mirando con ojos llenos de dulzura, que se dejaban entrever por los cristales de sus oscuras gafas de sol.

–Sólo te pido que lo analices. Y tú mismo encontrarás las respuestas posiblemente. Te necesito más que nunca Pedro. Sabes que nunca te pido nada, pero ésta vez debo hacerlo porque eres mi única oportunidad. Quiero saber quién pretende incriminarme en esos asesinatos y si el cuchillo que había en mi casa guarda algún tipo de relación. Joder Pedro, estoy perdida –acabó, a la par que un fino hilo de lágrimas escapaba por su mejilla derecha, aproximándose a toda velocidad a la comisura de sus labios.

En ese momento Durán acarició la cara de su subalterna, secándole las lágrimas con su dedo pulgar. Sentía como su corazón se desbocaba a cada contacto con aquella mujer, que tanto y tanto le había atraído siempre, pero de la que se había mantenido tan distante. Y le dijo:

–Está bien Tina. Pero me va a resultar complicado moverme, porque tengo a González y a tu otro amigo pegados al culo. Me han estado siguiendo cuando me dirigía hacia nuestro punto de encuentro, pero descuida, he sabido cómo deshacerme de ellos. Te llamaré en cuanto sepa alguna cosa.

–De acuerdo Pedro. De tu silla cuelga una bolsa con lo que he encontrado. Confío plenamente en ti. Seguro que encontrarás algo que me pueda ayudar.

Durán no supo como concluir la conversación, de modo que sin mediar una sola palabra más, se levantó de la silla y con sus zapatos y camisa en una mano y con la bolsa que Tina le había proporcionado en la otra, se marchó del lugar.

Tina tampoco dijo nada. Mientras, se quedó mirándole callada, pensativa y algo más aliviada al sentir que quizá había encontrado a un aliado que le ayudase a quedar limpia de culpa y de esa manera poder seguir con sus actividades.

Eran las seis de la tarde del mismo caluroso día.

El silencio reinaba en el ambiente y sólo el ruido del motor quebraba el mutismo que lo envolvía todo.

–¿Adónde me llevas ahora? –dijo con voz potente para hacerse escuchar Emma, desde la parte posterior del vehículo que la transportaba.

–No es de tu incumbencia, le dijo la "sombra" con voz pausada. Nuestro pequeño rinconcito ya no era seguro y debemos ir de paseo a otro lugar.

A partir de ese momento, toda conversación le resultó completamente inútil a Emma. "La sombra" no mediaba palabra y se mantenía en una actitud callada y desafiante.

Cuatro días habían pasado desde que el encuentro entre Tina y el inspector Durán había tenido lugar. Desde entonces, Cristian y González habían estado muy pendientes de él. Pero nada podían hacer, porque por el momento no deseaban poner en aviso a la gente de asuntos internos. De la misma manera, sentían que nada podían hacer por recuperar a Emma. Cristian estaba verdaderamente abatido al no poder hacer nada. Le repateaba el estómago el hecho de ver al inspector todo el tiempo con las gafas de sol y de buena gana se habría abalanzado sobre su pescuezo en repetidas ocasiones, para sujetarlo con una mano y arrebatárselas por la fuerza con la otra. Sabía perfectamente que estaba mintiendo.

Tina estaba sentada, mientras miraba impasible una vela, y como su llama incandescente jugueteaba en el aire a merced de la suave brisa que se adentraba a través de la ventana entreabierta. Habían pasado varios días. Varios días de silencio, donde la ausencia de toda comunicación con el mundo exterior había sido la tónica dominante en su existencia. Entonces, sonó su teléfono móvil.

—Creo que tengo algo Tina —dijo su interlocutor fríamente.

—Espero —contestó ella con la misma frialdad.

–Me temo que no son muy buenas noticias. Tengo los resultados del análisis del cuchillo. Estabas en lo cierto, era sangre –le dijo Pedro Durán.

–Pertenece a una de las víctimas de esos misteriosos asesinatos, ¿no es así Pedro? –le preguntó ella.

–Gasset –contestó él secamente.

–Entiendo. Vamos, que estoy jodida. Seguro que pasé alguna cosa más por alto, cuando estuve en mi casa y lo revisé todo tras encontrar el cuchillo. No estaba centrada, el miedo me podía.

–Tina. Tienes un grave problema. Mi consejo es que te dejes ver y tratemos de aclararlo todo por la vía legal –dijo él.

–¿Por la vía legal? –espetó ella en tono irónico–. ¡Estás de coña! Parece mentira que no sepas cómo funciona el sistema. ¡Sencillamente no funciona! ¡A saber qué diablos tienen mis amigos como para estar seguros de tener que detenerme! ¡Joder Pedro, no quiero pudrirme en la cárcel! ¡Tiene que haber algo más!

Durán se quedó callado, escuchando y sopesando la reacción y palabras de Tina.

–Bueno… quizá haya algo más –dijo el pausadamente.

Enseguida ella dio un respingo acomodándose en la silla comenzando a avasallar a su jefe con reiteradas preguntas cargadas de impaciencia.

–Tranquilízate, por Dios. Verás, ¿recuerdas que te dije que había oído hablar de una llave maestra tipo *"bumping key"* como la que me comentaste que posiblemente habían utilizado para entrar en tu casa? –inició el inspector.

–¡Sí, lo recuerdo! ¿Ya sabes a quién? –preguntó ella efusivamente.

–Lo cierto es que sí. Verás, hace algunos meses, en la sala de la unidad de delitos contra el patrimonio vi un corrillo de agentes y me acerqué a cotillear un poco. Allí alguien estaba explicando ese sistema al resto de asistentes. Recuerdo que tenían un par de cerraduras desmontadas sobre la mesa, además de un par de pequeños martillos y…

–¡¿Y?! –gritó Tina.

–Y una *"bumping key"* dorada –concluyó Durán, provocando un vuelco en el corazón de Tina, que empezaba a sentir una leve taquicardia.

–¡Mierda Pedro! ¿Y quién estaba dando la explicación? –inquirió ella.

–Pues verás, parece ser que el experto en la materia era nuestro compañero…

Ahora Tina estaba un poco más cerca de corroborar quién era el que pretendía anular sus actividades y sacarla de circulación, ofreciendo todo tipo de pruebas que la incriminasen en los atroces asesinatos. Pero por el momento todo seguía tal y como estaba. Por lo que debía constatar la información que Durán le había proporcionado y para ello tenía que ponerse en marcha de nuevo. Aunque ahora ya le empezaban a cuadrar las cosas. Si sus sospechas estaban en lo cierto, jamás habría podido imaginar que el rechazo a una persona la hubiese situado en tal situación por venganza. Ya que eso era lo que había sucedido con su sospechoso. Tiempo atrás había sido cortejada una y otra vez por este ser, con negativas continuadas por parte de ella. Y eso le había generado verdaderos quebraderos de cabeza, ya que además de que ella era una persona muy solitaria, no deseaba compartir su vida con nadie en este mundo; salvo con Cristian, pero eso era una batalla perdida.

Pero por otro lado no dejaba de preguntarse si ese hombre, realmente podría haber llegado a cometer semejantes crímenes, o tan solo había manipulado una serie de pruebas para cargarle con el muerto a ella. Fuese lo que fuese, la tenía atenazada y colocada en una situación muy complicada. Pero ahora tenía de donde partir. Y se puso en marcha.

No hacía ni cinco minutos que se había marchado de su nuevo escondite, cuando Cristian y González llegaron hasta la casa junto a la playa de Fenals, en la localidad de Lloret de Mar, donde había estado oculta Tina días atrás.

Tras acceder de una patada al interior de la vivienda, ya sin ningún miramiento, pudieron comprobar que la vela aún estaba caliente y el olor a mecha quemada quedaba aún en el ambiente.

—¡Mierda, mierda, mierda! ¡Volvemos a llegar tarde! —gritó Cristian, mientras lanzaba con toda su furia la vela contra el suelo.

–Está claro que ha utilizado esta casa que perteneció a sus abuelos. Noto su perfume aún en el ambiente –añadió González, provocando una leve mirada inquisitiva de Cristian. A lo que sumó–: ¿Qué pasa? Lo tuyo son las miradas y en lo que se refiere a mujeres, lo mío son los olores. Sabes que nunca olvido esos detalles de las mujeres bonitas –acabó, dibujando una extraña sonrisa malévola en su rostro.

Cristian no dijo palabra. Se limitó a recorrer todas las habitaciones de la casa calmadamente, intentando encontrar alguna cosa que le llevase hasta una nueva ubicación de Tina.

No encontraron nada.

33

Muchas eran las veces en las que su sospechoso había mencionado la existencia de esa casa en sus proposiciones indecentes, medio en serio medio en broma. Y mucha era la memoria que Tina poseía y que en esta ocasión le estaba sirviendo de ayuda.

Enseguida acabó de subir el puerto de montaña que conducía hasta la misma y nada más aproximarse pudo distinguirla en la distancia. Se acercó un poco más y detuvo su coche frente a ella.

La casa era de gran tamaño, aunque con un aspecto muy acogedor, tal y como él le había descrito en innumerables ocasiones. Se aproximó un poco más al pie y la observó lentamente, intentando avistar algún tipo de movimiento en su interior.

Todo parecía estar en calma.

Decidió entrar.

No le costó gran dificultad abrir la envejecida puerta de acceso. Apenas hizo algo de palanca, el cerrojo cedió y la puerta quedó abierta de par en par.

Tina enarbolaba su pistola, acompañada de una linterna, porque la oscuridad ya se empezaba a adueñar por completo del ambiente. Caminaba despacio y procuraba romper en todo momento ese temido efecto túnel, que produce la mente en situaciones de estrés.

En unos pocos minutos había recorrido toda la casa, que disponía de pocas habitaciones, sin encontrar alma humana. Fue entonces cuando pudo ver una trampilla en el suelo de uno de los pasillos, prácticamente oculta por una fea alfombra de color verde militar.

«El sótano…» Pensó. Y abrió la trampilla con sumo cuidado y lentitud.

«¿Así que es aquí donde te traes a tus putitas, no?» Interiorizó. «Veamos que escondes aquí abajo.»

Bajó   lentamente y tras encender la luz, pudo comprobar que el lugar carecía de ventanas.

«Vaya,   vaya…   trampilla   metálica   y   paredes insonorizadas. Tienes todo un búnker aquí hijo de puta.» Dijo Tina para sus adentros. Mientras, observaba el espacio, donde se divisaba una pequeña cama rodeada de algunos estantes. Al fondo se observaba una puerta que conducía a una segunda sala, más pequeña y con una especie de camilla situada en un extremo, junto a una pared repleta de argollas y cubierta de lo que parecían hueveras. Y en el otro extremo, una mesa, con armarios a ambos lados llenos de etiquetas en sus cajones.

Y fue breve el espacio de tiempo que pasó hasta que dio con un par de grandes cajas metálicas, en las cuales había todo tipo de material electrónico de última generación y unos cuantos gramos de explosivo plástico C4. Pudiendo encontrar también diverso material médico y una caja repleta de tubos de plástico de gran diámetro.

Se acercó a la caja y cogió uno de los tubos, que tenían una rosca en uno de los extremos.

La desenroscó.

Su sorpresa aún se tornó mayúscula cuando pudo ver en su interior los planos del Museo de Impresionismo de Barcelona, en su totalidad, con diversas áreas marcadas en rojo que se correspondían a las vías de acceso y escape, así como a la sala donde se cometió el crimen.

–¡Maldito bastardo! –exclamó en voz alta la margariteña–. ¡Tú eres el hijo de puta asesino!

–Demasiado tarde preciosa… –entonó una voz que rozaba lo tétrico.

Entonces Tina se giró ciento ochenta grados con su pistola en mano, apuntando de un lado a otro, en busca de la persona que le había hablado. Pero no vio a nadie.

–Un poco más a la derecha y hacia abajo cariño – volvió a pronunciarse la voz.

Entonces Tina giró su cabeza a la derecha bruscamente y observó como en la mesa de escritorio había un portátil con la pantalla levantada, y la cámara integrada que el aparato tenía, le apuntaba directamente. Por otro lado, en pantalla se podía visualizar la silueta de lo que parecía ser un hombre, desde el pecho a la cabeza y la cual iba vestida completamente de negro y con un igualmente negro pasamontañas.

–¿Eres tú, maldito cerdo? –preguntó Tina nerviosamente.

–¡Tranquila! –espetó en tono burlón su interlocutor –. ¿Acaso no lo sabes todavía?

–¿Dónde estás? ¡Da la cara! –le gritó ella.

–No tan deprisa señorita. Demasiada suerte has tenido de no acabar entre rejas. Parece ser que no soy tan bueno y mi plan ha fallado, sino no estarías en mi casa. Aunque si te soy sincero, ya no me importa demasiado. Todo va a acabar pronto –acabó de decir, mientras se apartaba y mostraba el rostro de Emma, la cual estaba tras él en una silla amordazada.

Inmediatamente se cortó la comunicación y Tina se abalanzó sobre el teclado, golpeándolo, gritando el nombre de Emma y mirando de mantener la conversación con su interlocutor, con resultado negativo.

Acto seguido, inmersa en un estado de nervios, Tina se quedó allí petrificada. Sentía que toda la habitación giraba alrededor de ella y la cabeza le daba vueltas a su vez.

No sabía qué hacer exactamente y se sentía muy desorientada.

Por un momento pensó en contactar con Cristian y explicarle todo lo que había pasado, pero sentía que no tenía las pruebas suficientes y que ellos podrían pensar que todo lo que se encontraba allí le pertenecía. Al fin y al cabo la existencia de aquella casa era el secreto del asesino y le costaría mucho demostrar la titularidad de la misma, y para entonces posiblemente Emma ya estaría muerta. De modo que pensó que todo lo que podría hacer, lo tendría que hacer por sí misma. De cualquier otra forma, acabaría detenida y el proceso de esclarecimiento de los hechos llevaría un tiempo que correría en su contra a todas luces. Así que decidió contarle lo que había averiguado a Durán. Pero la mala fortuna quiso que éste no tuviese cobertura en ese momento. Por lo tanto Tina siguió comprobando con detenimiento la sala donde se encontraba.

Examinó minuciosamente la caja de componentes electrónicos y enseguida se topó con la *"bumper key"* que había sido utilizada para abrir la cerradura de su casa. Cuadraba perfectamente.

No encontró nada raro adicional. Entonces se dio cuenta que sólo había abierto uno de los tubos porta planos. Así que empezó a abrir uno tras otro. Y allí encontró los planos de la casa de la consejera, los de la oficina de Gasset, los de la casa del empresario y los del banco. Pero había uno todavía por abrir. Entonces un raro presentimiento se apoderó de su cuerpo. Lo abrió. En el interior pudo ver cada uno de los detalles arquitectónicos que conformaban la comisaría donde ella trabajaba. No daba crédito a lo que estaba viendo.

Salió a toda prisa de la casa y desapareció del lugar carretera abajo chirriando ruedas. A su vez, Durán seguía sin tener cobertura y eso la desesperaba aún más. Se sentía muy sola en todo aquello.

Mientras tanto, una rápida sombra se movía por el interior de las dependencias policiales. Tras burlar fácilmente los accesos con su vehículo, lo demás resultaba muy sencillo para ella. Hacía ya varios minutos que las cámaras de vigilancia habían sido manipuladas y ello le permitía moverse a su libre albedrío por los bajos de la comisaría, como si de una rata se tratase.

Enseguida accedió a una sala que conformaba un almacén de material policial y que estaba medio vacía, y en pocos minutos tuvo a Emma colocada en una silla, atada de pies y manos y amordazada; llevando también una capucha y vestuario idéntico al de la "sombra".

La "sombra" le levantó levemente la capucha y le aflojó la mordaza para darle un poco de agua y dejarla respirar mejor.

—¡Eres un hijo de puta Cifuentes! –le gritó Emma.

—Grita todo lo que quieras estúpida mujer, nadie te va a escuchar desde donde nos encontramos.

—No te vas a salir con la tuya, lo sabes. Te lo juro por mi vida –dijo Emma irritada, a la par que se retorcía en la silla.

—Te tendría que haber dejado morir en el accidente, maldita zorra –añadió "la sombra", en el mismo momento en que dejó al descubierto su rostro y mostrando la cara de Cifuentes, que parecía estar agotado, a juzgar por el tono de voz.

—Haberlo hecho, así no tendría que estar aguantando de nuevo tu putrefacto olor –le soltó ella con los ojos inyectados en sangre y cargada de ira.

— Iba demasiado bebido. Ya te lo he dicho mil veces –le dijo él, mientras se sentaba para mirar de recuperar el aliento y daba un trago de agua, de la misma botella con la que había hidratado a Emma. No se encontraba nada bien. Luego volvió a colocarse el pasamontañas.

–¿Demasiado bebido hijo de puta? ¡Nunca se está demasiado bebido como para hacer una cosa como la que tú hiciste sin percatarse de nada en absoluto, mentiroso cabrón! –exclamó Emma, montada en cólera. A lo que añadió gritando–: ¡Me violaste! ¡Me violaste como una alimaña y no pude hacer nada para evitarlo!

Entonces Emma arrancó a llorar.

"La sombra" se levantó y se puso frente a ella. Y fríamente le susurró–: Te violé. Cierto. Ya te he dado mis motivos, que pareces no aceptar. Pero maldita zorra, llevo mucho tiempo pagando un precio alto en demasía por ello. Has arruinado mi vida y te juro que vas a pagar por ello. Ahora te toca a ti. No voy a seguir aguantando tu locura y tus ansias de sangre. Eres mucho peor que yo. –Hizo un silencio y añadió–: ¡Te enteras!¡Todos van a saber lo que has hecho!

–Ay querido Cifuentes... me parece que has perdido el juicio del todo. Y luego soy yo la loca. –dijo Emma con una media sonrisa y con la misma mirada de ira en sus ojos–. ¿Te tengo que recordar que sucederá si no se sabe nada de mí en seis meses?

"La sombra" se volvió a sentar, pesadamente. Bajo su rostro comenzó a dibujarse una desafiante sonrisa, que Emma no podía observar.

–¡¿Quieres que te recuerde que te pasará si en seis meses no doy señales de vida?! –espetó ella, de nuevo con una rabia inusitada.

–Me da exactamente igual... –dijo de forma suspensiva Cifuentes, que seguía manteniendo esa extraña sonrisa.

–¿Ah sí? –preguntó retórica e irónicamente Emma–. Por eso me tienes retenida, ¿no es así? Porque has decidido suicidarte o te da igual ir a la cárcel hasta que no seas más que un viejo inútil.

–¿Dime una cosa Emma? –expresó "la sombra" en tono interrogativo–. Tú que lo sabes todo… –añadió irónicamente–. ¡Por qué cojones te crees que no puedes leer mi mirada, como al resto de personas! –acabó por gritarle.

Emma se quedó callada. Ese aspecto hacía tiempo que lo había detectado y le tenía con la mosca detrás de la oreja. Pero lo que no sabía cual era el motivo. Desconocía el por qué de algunas miradas, que para ella eran opacas. Aguardó en silencio que "la sombra" continuase su discurso.

Entonces, Cifuentes sacó de la pequeña mochila que llevaba, un papel blanco, que plantó en la mesa que estaba frente a Emma. Y cogiendo su silla por detrás, la acercó bruscamente, hasta que prácticamente tocó con su abdomen el borde de la mesa.

–¡Lee! –le gritó Cifuentes.

Pocos segundos necesitó Emma para obtener una idea global de lo que el documento rezaba. Y que se resumía en una sola línea ubicada al final del todo.

–¡¿Terminal?! –exclamó Emma, sin ocultar su asombro.

La "sombra" no dijo nada.

Segundos después manifestó tibiamente:

–Ya lo ves, ahora sí que no tengo nada que perder. Son pocos los meses o incluso días que me quedan. El cáncer me está consumiendo el cerebro y parece ser que algunas alteraciones que estoy padeciendo, han inhibido tu asquerosa facultad. Pero no te creas, que yo sufro las consecuencias. No duermo, tengo extraños ataques, mi personalidad experimenta giros inesperados y un largo etc. Ni los fortísimos fármacos que he estado tomando para mantenerme al cien por cien y así, poder cometer tus enfermizos planes, me hacen ya efecto. De modo que ha llegado el momento en que se sepa la verdad y tu marioneta se despida de este mundo.

–¡Maldito cerdo, te lo tienes merecido! –exclamó Emma, sin poder ocultar cierto pánico que le había producido la inesperada noticia–. Me da igual que te mueras, pero, ¿a ti te da igual que tu familia sepa la clase de monstruo que fuiste? –improvisó.

La "sombra" la miró cansinamente.

Mi familia tendrá la libre elección de tenerme en la consideración que ellos estimen oportuna. Pero es algo que ellos elegirán libremente. Al fin y al cabo yo debo pagar por mis errores, pero no de la forma que tú has escogido, convirtiéndome en tu verdugo, actuando en escenarios y bajo actos desproporcionados y despóticos. Eres una maldita enferma cargada de rencor.

–¡¿Pero no te das cuenta que tus hijos y tu mujer verán un vídeo en el cual se ve claramente como me violabas?! –dijo Emma a la desesperada, recordando el momento en el cual Cifuentes la sorprendió y se abalanzó sobre ella. Y recordando también como su teléfono móvil salió despedido en ese momento. Teléfono al que acababa de conectar su videocámara y que por fortuna cayó de tal manera, que captó todo el grotesco suceso.

–¡Déjame ir! –gritó cada vez más asustada–. Déjame ir y te doy mi palabra que lo poco que te quede de vida la vivirás en paz. Ya has pagado suficiente. ¡De acuerdo, tú ganas, pero déjame ir! –dijo en tono de súplica.

–¡Por Dios Cifuentes, prometo no volverte a hacer más chantaje con ese vídeo! ¡Te juro que no te encargaré que asesines a más personas! ¡Pero no me mates, déjame libre, por favor! –añadió en un estado de casi histeria.

–¿Por qué los mataste? –preguntó Cifuentes.

–Yo no los maté Cifuentes, fuiste tú –contestó Emma de forma automática, arrepintiéndose de sus palabras casi de inmediato.

Cifuentes la miró desafiante.

–¡Está bien, está bien! –exclamó Emma–. ¡Los he matado yo, cierto, al fin y al cabo todos los crímenes fueron idea mía! ¡Tranquilo!

–¿Por qué los mataste? –volvió a preguntar la "sombra". Eran buenas personas, no tenían antecedentes y vivían unas vidas relativamente tranquilas. ¿Por qué? –reiteró.

–¿Buenas personas? ¡Vamos Cifuentes, no me hagas reír! Esas "buenas personas", como tú dices, eran unos verdaderos cerdos, exactamente tan cerdos como lo fuiste tú.

A Cifuentes le sorprendió un tanto la respuesta. Aguardó a que Emma continuase.

–Esos hijos de puta no eran precisamente unos santos. ¿Qué te pensabas, que el móvil de mis obras maestras eran los sistemas de seguridad? No. Para nada. ¿Has oído hablar de las casualidades? Pues esas casualidades me vinieron perfectas para construir todo un entramado y tener entretenidos a los pedantes de González y Cristian. Casualidades que permitieron que, con tu inestimable ayuda, llevásemos a cabo acciones que se convertían en verdaderas obras de arte. ¿Qué mejor forma de quitar de en medio a unos hijos de puta, que burlando sus sofisticados sistemas de seguridad y dándoles donde más les dolía? Sí, sentí placer con ello y no me arrepiento en absoluto. Esos desgraciados han abusado de personas, de la misma manera que lo hiciste tú y se divertían demasiado compartiendo sus "éxitos" a través de Internet. Y no me gusta la gente que comparte esa serie de contenidos –concluyó Emma, ensombreciendo profundamente su tono con su última frase.

–¿Pederastas, pedófilos? –preguntó Cifuentes.

–Llámalo como quieras. Unos hijos de puta que no son capaces de echar un polvo por sí mismos y ni siquiera se atreven a pagar por ello. Y que además los adultos no les ponen lo suficiente. ¡Debían morir!

Cifuentes permaneció otro instante en silencio. Más tarde añadió:

–Y de modo que tu relación con Cristian y "Gonzo" es una pantomima. ¿No es así?

–Bueno… –empezó dubitativa– debo reconocer que Cristian me resulta… ¿Cómo lo diría..? ¿Entrañable? –acabó concluyendo, con media sonrisa dibujada en su cara.

–Eres un monstruo Emma. Encima compartes tu "don" con él... Te juro que no sé cómo lo has hecho para ocultar tu malvado comportamiento.

–No deja de ser "un aficionado"... –contestó– Desde el primer momento en que descubrimos nuestro "don", no ha sido capaz de afinar tanto como yo en sus "lecturas". Hasta tal punto que, cualquiera que quiera ocultar su interior y lo haga con la suficiente intensidad, hará que Cristian sea incapaz de verlo y lo pueda hacer sólo parcialmente. –finalizó con aire condescendiente.

–Eso ya no me interesa. Ya he tenido bastante. –dijo "la sombra". Y no había acabado su frase cuando se aproximó a ella por la espalda y le volvió a colocar fuertemente la mordaza, cubriéndola con el pasamontañas posteriormente. Y se sentó a su lado. A su vez, Emma no tuvo tiempo ni de empezar un desesperado grito, que enseguida se vio ahogado por la apretada mordaza.

34

Hacía diez minutos que Cristian había recibido un sobre en su despacho, donde se encontraba con González analizando todo lo que habían vivido una vez más. El sobre lo había traído un mensajero motorizado y había dado instrucciones verbales a Cristian que no se demorase en la apertura, ya que parecía que el cliente había especificado que se trataba de algo urgente.

Al abrirlo, ambos amigos se quedaron helados al leer los documentos que el sobre contenía.

Se trataba de toda una declaración formal jurada, donde se detallaba cómo se habían efectuado cada uno de los asesinatos que llevaban meses investigando. Pero no estaba firmada.

Al final el documento decía: "¿Dónde se va a estar más seguro que en casa?"

González sintió una especie de descarga al leer esa frase. La había escuchado en diversas ocasiones, pero no acababa de ubicar a la persona que se la había dicho. Pero sí estaba seguro de una cosa, que el lugar donde la había oído era la comisaría.

Inmediatamente acabaron de atar los cabos sueltos. El mensaje le hacía claras alusiones a comisaría, pero… ¿sería posible que el asesino estuviese allí y se lo estuviese poniendo tan fácil? «¿Habrá decidido Tina entregarse de una vez?» Se preguntaron ambos investigadores a sí mismos, casi de forma sincronizada.

De modo que no perdieron más tiempo y, sin reparar siquiera en que se pudiese tratar de una trampa, ambos salieron como alma que lleva el diablo hacia comisaría. El recuerdo y las ganas de encontrar a Emma les tenían un tanto cegados.

Emma finalmente optó por dejar de intentar gritar y parar de llorar. Aquello ya no tenía sentido y tenía que mantener la calma, aunque se tratase de sus últimos minutos.

"La sombra" sacó de su pequeña mochila una pistola y poniéndola en el mentón de Emma le dijo secamente:

–Realmente, lo tengo muy fácil para matarte, zorra.

Emma empezó a temblar de miedo. Lo cierto es que la idea de morir la aterrorizaba, porque amaba la vida. Y el hecho de verse despojada de éste mundo bajo una muerte tan nefasta, le encogía el corazón.

–Se ha acabado tu futuro, bonita –volvió a añadir, a la par que de un bolsillo de su apretado mono negro, sacaba un pequeño bolígrafo del mismo color.

Emma enseguida supo lo que Cifuentes tenía en la mano. Intentó gritarle sin resultado alguno. La cólera se había apoderado de su cuerpo al ver el pequeño bolígrafo.

«¡Maldito hijo de puta!¡Me piensa pagar con la misma moneda!» Resonaba en su interior.

Entonces "la sombra" siguió apuntándole, mientras le dijo:

—Ya te lo he dicho zorra, me va a resultar muy sencillo eliminarte. Pero para ello…–hizo una pausa, y se acercó un poco más a ella, apretando con mucha fuerza el cañón de la pistola sobre el cuello de Emma –. Para ello… no te voy a matar –le susurró al oído.

La situación se había tornado tremendamente tensa. El ambiente estaba sobrecargado y el miedo de Emma casi se podía palpar y oler. Y fue en ese mismo momento cuando hizo acto de presencia en el lugar Tina Stevenson. La margariteña había venido a toda prisa desde la casa de Cifuentes, donde había encontrado los planos de comisaría, que le habían hecho pensar que su crimen final sería allí mismo, por muy rocambolesco que le pareciese.

Tina entró bruscamente en la sala, sin saber lo que se iba a encontrar allí dentro y, aun arriesgando el tipo, se aventuró a tal acción. De modo que ésta sorprendió a Cifuentes en su momento de más pleno e intenso disfrute para con Emma. A lo que Tina aprovechó para gritarle:

—¡Tira el arma malnacido!

"La sombra" se quedó quieta. Callada.

—¡No te lo voy a volver a repetir! ¡Tira el ar-ma! –le espetó casi de forma robótica.

Entonces Tina tomó conciencia de la verdadera situación que estaba viviendo y de cómo estaban las cosas. Realmente apuntaba a la figura de la derecha por que le había parecido oírla hablar, percibiendo la voz de Cifuentes; además de que era esa misma figura la que

256

enarbolaba un arma. Pero no podía evitar tener ciertas dudas de saber si realmente estaba apuntando a la persona correcta.

"La sombra" se movió lentamente, separando brevemente la pistola del mentón de Emma y aprovechó tal movimiento para dejar caer el bolígrafo que guardaba en la otra mano entres sus piernas, ya que la mano de la pistola captaba toda la atención de Tina.

–Vaya vaya, señorita Stevenson, llega usted un poquito antes de tiempo a la cita –dijo pausadamente Cifuentes.

–¡Cierra el pico y tira el arma al suelo! –le gritó la margariteña.

–Ni lo sueñes –contestó "la sombra" fríamente.

Tina no sabía que decir ni cómo actuar.

–No me obligues a dispararte Cifuentes, sé que eres tú.

–¡Bingo para la guapa morena! –exclamó Cifuentes en tono burlón–. Pero dime una cosa ¿te crees que si me disparas, ésta que tengo aquí al lado saldrá con vida? –le expresó faroleando.

Tina dudó. Y mientras estaba luchando con sus pensamientos, Cifuentes añadió:

–Querida Tina, yo no tengo nada en contra tuyo. A mí me la trae al pairo que te dediques a explotar tus conocimientos científicos en realizar estupendas falsificaciones de cuadros. Realmente me da igual que te estés lucrando con ello y te codees con las esferas que te dé la gana. Pero a la que parece que no le da igual es a la tipa que está aquí a mi lado.

Bajo la máscara, "la sombra" dibujó una sonrisa. A pesar de que las cosas no estaban yendo exactamente como las había planeado, estaba disfrutando de lo lindo. Era su gran venganza.

—No sé a qué te refieres —dijo la margariteña.

—¿Ah no? —preguntó retórica y divertidamente "la sombra". Vaya, pues entonces no tiene mucho sentido que te haya mantenido con vida para que llegues hasta aquí. Creo que ha quedado demostrado que si hubiese querido eliminarte, lo habría hecho hace mucho tiempo, morena.

Tina escuchaba atenta, de la misma manera que Emma.

—Explícate —dijo la científica, expectante.

—¿Sabes una cosa? Los celos os pierden a las mujeres. Y sí, aunque suene machista, es la pura realidad —continuó Cifuentes, haciendo una nueva pausa, pretendiendo de esa manera enfatizar aún más lo que estaba diciendo—. Porque, sino quién piensas que iba a querer hacerte cargar con el muerto, o mejor dicho, los muertos, de los asesinatos. ¿Yo? —dijo, volviendo a pausarse.

Inmediatamente Tina giró levemente la cabeza, mirando a Emma, que observaba atenta y totalmente inmóvil.

—¡No morena, no! Esta zorra que tienes aquí sentada es la que ha organizado todo para hacerte quedar como la verdadera culpable. No me preguntes cómo, pero de una forma u otra se enteró... ¿cómo lo diría yo...? De tus actividades artísticas falsificando cuadros. Por lo tanto sabía que tenías que acceder al museo y que sería un excepcional momento para empezar una bonita campaña contra ti. Pero no para descubrir tus falsificaciones, eso da lo mismo, sino para hacerte quedar como una espeluznante asesina. Y lo cierto es que reunías todos los ingredientes, bonita. Así, que de esa manera, la señorita Emma conseguiría dos cosas: primero, ofrecer un culpable de los asesinatos, que ya se estaban dilatando mucho en el tiempo; y segundo, quitarte de en medio por muchos años. Porque los celos que sentía de ti eran infinitos y temía que le pudieses arrebatar a Cristian. Aunque si te soy sincero, yo tampoco lo entiendo demasiado, porque realmente parece que el muchacho le importe un carajo a la muy zorra.

Tina se mantenía callada. Miraba a Emma. E intentaba encontrar una salida a la encrucijada en la que se estaba metiendo. Porque de alguna forma, el deseo de quitar de delante de su faz a la perra que le había intentado arruinar la vida, iba en aumento.

A su vez, Cifuentes sabía perfectamente el efecto que sus palabras estaban produciendo en la margariteña. De todas formas a él ya le daba igual todo. Iba a morir de una forma u otra y la tranquilidad de tener la confesión de Emma grabada en su pequeño bolígrafo cámara, le reportaba una satisfacción extrema.

Tina bajó el arma y se quedó allí quieta, totalmente inmóvil. Sentía que su cerebro se disparaba y que las neuronas viajaban a una velocidad increíble, totalmente fuera de control. A su vez, el corazón le latía con cada vez más fuerza y podía percibir como su pulso se volvía inestable en extremo. Percibía un extraño temblor en todo su cuerpo y como la adrenalina fluía por cada centilitro (centímetro cúbico) de su sangre, llegando a cada uno de sus músculos, tensándolos y sobreexcitándolos de forma abrumadora. Mientras tanto, no dejaba de mirar a Emma.

«Léeme la mirada ahora, maldita perra», pensaba una y otra vez la científica.

Por su parte, Emma estaba haciendo lo propio. Podía leer cada uno de los pensamientos que se agolpaban en la mente de Tina. Podía percibir su ira, su indignación y su inconmensurable rabia hacia ella misma. Detectaba como la margariteña aborrecía su don, el cual había utilizado para ser conocedora de sus actividades ilícitas en lo que a las falsificaciones de cuadros se refería y, de esa manera, poder usarlo en su contra. Notaba su impotencia ante tal desventaja de poder. Pero ahora también podía percibir como la hermosa morena, que tanto le encelaba, sentía una inmensa sensación de control de la situación y como analizaba punto por punto lo que deseaba hacer, para borrarla del mapa para siempre.

Mientras tanto, "la sombra" se regocijaba ante tal escena. Estaba siendo consciente de todo lo que allí pasaba, entre dos auténticas lobas enfrentadas. Aunque no podía evitar esa sensación, que por otra parte, le atenazaba su cerebro. Se encontraba tremendamente mareado y percibía como su cáncer pugnaba por hacerse plenamente con el control de su ya acabada vida. Pero debía aguantar. Estaba a punto de completar su venganza y todo estaba saliendo incluso mejor de lo que esperaba. Pues, aunque en un principio deseaba que Emma continuase con vida, si ahora la margariteña le pegaba un tiro ya le daba completamente igual. Al fin y al cabo, para él, todo el mundo tenía derecho a su particular venganza. Y la putada que Emma le estaba gastando a Tina, le otorgaba motivos a ésta última, más que suficientes, como para eliminarla del mapa con todas las de la ley. La de su ley moral.

Fue entonces cuando Tina acabó de tener clara cuál iba a ser su salida. Estaba segura que Cifuentes no le iba a atacar en absoluto. Sino no tenía sentido que le hubiese dejado con vida, para llegar hasta allí. Y, aunque no sabía si el plan de Cifuentes era que llegase hasta esa misma posición donde ahora se encontraban y en el momento en el que se encontraban, el caso es que sí que tenía claro que había planificado dejarla con vida y ofrecerle en bandeja a Emma. El hecho de haber dejado la cámara del ordenador conectada para comunicarse con ella, así se lo acababa de clarificar.

Así que la margariteña respiró profundamente y, a la par que el corazón de Emma se desbocaba, levanto su pistola lentamente, hasta llegar a encañonarla, directamente a la cabeza.

Emma ahora sí que sentía verdadero miedo. Al fin y al cabo Cifuentes le había dicho que la dejaría con vida. Y sabía que de una forma u otra quizá conseguiría salir airosa de tan complicada situación. Pero ahora. Ahora podía ver la muerte, claramente dibujada en los ojos de Tina, la cual acumulaba una ira y rencor incontrolable. Y sabía que tenía la situación perfecta a su merced, para hacer con ella lo que le diese la gana.

Entonces, Tina aproximó su dedo índice de su mano derecha, con la cual sostenía la pistola, al disparador.

Estaba jactándose del momento, por eso actuaba despacio, cuidadosamente. Ya le daba absolutamente igual tener que cargar con una muerte. Sabía que en caso contrario lo tendría todo mucho más complicado.

Fue entonces cuando su dedo comenzó a hacer una leve presión sobre el disparador. El arma estaba montada y puesta en doble acción, por lo que la presión que debía ejercer era un poco superior a si la hubiese tenido en simple acción, teniendo que aplicar unos tres quilos de presión, aproximadamente.

El miedo absoluto se apoderó de Emma.

La satisfacción de Tina.

La paz de Cifuentes.

Silencio.

Entonces, de repente, un fuerte golpe se apoderó del lugar, provocado por la puerta del almacén, que estaba entreabierta y la cual González acabó de abrir de una fuerte patada.

Cristian entró tras él. González empuñaba su arma y encañonó directamente a Tina.

–¡Baja la pistola Tina! –gritó González.

Tina se mantenía en silencio y completamente quieta. Miraba de reojo a Cristian y González.

–¡No me has oído, baja el arma! –volvió a gritar el policía.

–No pienso bajar el arma. Hay una persona en peligro –dijo Tina pausadamente.

Entonces ambos miraron hacia donde Emma y "la sombra" se encontraban, pudiendo observar mejor el escenario. Emma respiraba, por su parte, un tanto aliviada, al ver la presencia de los investigadores en la sala. Quizá aún tendría una oportunidad.

–¡¿Quién de ellos dos es Emma?! –espetó Cristian–. ¡Dímelo! ¡¿Y quién es la otra persona?!

Tina se quedó callada. Ahora entendía el juego al que "la sombra" quiso jugar desde el principio.

Fue entonces cuando "la sombra", tiró suavemente de la cuerda que sujetaba a la silla a Emma de pies y manos, dejándola completamente libre. Emma no se percató de ello, pensando que había conseguido deshacer sus ligaduras. Pero seguía amordazada y no podía hablar. Entonces, en un movimiento fugaz, se abalanzó sobre la pistola que estaba en el suelo, que "la sombra" había tirado y de otro rápido movimiento disparó a Tina.

Pero "la sombra" lo tenía todo calculado y lo único que pudo escuchar Emma al accionar la pistola, fue el simple ruido de la aguja percutora, al golpear contra el vacío. El arma estaba descargada.

Entonces Tina, no lo dudó un instante más y accionó el disparador de su pistola, sonando un fuerte disparo, dirigido a Emma. Pero fue demasiado tarde. Ante la incertidumbre de saber quién era realmente Emma, González acababa de disparar a su vez contra Tina. Para él, ella era a todos los efectos la responsable de los asesinatos, y ahora tenía frente a sí a dos personas encapuchadas y atadas a una silla.

Tina cayó fulminada al suelo, el disparo le había alcanzado en un pulmón.

Cifuentes vio por primera vez como su plan peligraba. Tenía la esperanza de que Tina hubiese alcanzado a Emma y le hubiese eliminado del juego, o como mínimo, le hubiese dejado maltrecha. Pero no era así, estaba totalmente indemne. Pensaba que quizá se había pasado de listo. Y ahora, ahora tendría que eliminarla por sí mismo. De modo que se dispuso a coger otra pistola que llevaba sujeta a la parte posterior de su mono, para pegar un tiro a Emma y así permitir que ella no saliese indemne de toda aquella situación. Pero lo más que alcanzó a hacer fue sacar su pistola del cinturón. Porque, en pocos segundos "la sombra" perdió inevitablemente el conocimiento y la pistola cayó al suelo. No se trataba de su enfermedad. En el momento en que Tina disparó su arma, la trayectoria del proyectil se vio afectada por el tiro que González había efectuado sobre la margariteña, impactando entonces directamente sobre la sombra y provocándole un prominente agujero en su abdomen. Le había destrozado el estómago.

Todos estaban inmóviles, como si de meros espectadores de una sala de cine se tratase, allí se encontraban, impasibles.

Entonces Cristian reaccionó, cargado de miedo.

−¡¿Emma, Emma?! −gritaba, mientras salía corriendo hacia el cuerpo que había caído sobre la mesa, completamente desplomado. Pero no le dio tiempo a llegar. En ese mismo momento Emma, que estaba de pie, se quitó la máscara y se mostró ante los presentes, intentando simular un rostro de dolor y miedo, aunque lo que sentía en realidad era plena satisfacción.

Satisfacción que aumentó cuando, en el camino que hizo al encuentro de Cristian, para abrazarlo, aprovechó para coger de entre las piernas de Cifuentes el bolígrafo-cámara que la comprometía y el cual tenía grabada toda su confesión.

El intenso abrazo tuvo lugar, uniéndose al mismo González, que se alegraba muchísimo de haber recuperado sana y salva a la joven y guapa muchacha. Se sentía feliz por el resultado final. Tenían a la asesina.

Pero la alegría duró poco, cuando González quitó la capucha a la otra persona que estaba desplomada sobre la mesa y pudo comprobar que se trataba de su íntimo amigo Cifuentes.

Entonces Emma dijo, abrazándose a Cristian y con un rostro que denotaba dolor extremo y mucho cansancio:

–Lo siento chicos. Sé que era uno de vuestros mejores amigos. Pero esta asesina lo secuestró junto a mí y estaba dispuesta a matarnos. ¡Estaba loca!

Por su lado, Tina, que estaba tendida en el suelo, de repente abrió los ojos. Continuaba con vida. Emma se dio cuenta y la miró mientras abrazaba a Cristian y le expresaba sus condolencias. Sabía que su vida duraría poco y que el disparo la había afectado de tal manera que ni siquiera podría mediar palabra. Entonces, dibujó una incipiente sonrisa de satisfacción en su rostro y cambió su mirada a una totalmente desafiante y cargada de placer.

Finalmente Tina murió.

Antonio CABALLERO VENEGAS

www.ingramcontent.com/pod-product-compliance
Lightning Source LLC
Chambersburg PA
CBHW060408180626
46817CB00007B/2550